UN ALLER SIMPLE

À huit ans, Didier van Cauwelaert reçoit son premier refus d'éditeur. *Vingt ans et des poussières*, qu'il publie douze ans plus tard, lui vaut le prix Del Duca. Suivront le prix Roger Nimier en 1984 pour *Poisson d'amour*, le prix Goncourt en 1994 pour *Un aller simple*, le Molière 1997 du Meilleur spectacle musical pour *Le Passe-Muraille,* le prix du Théâtre de l'Académie française… Les combats de la passion, les mystères de l'identité et l'irruption du fantastique dans le quotidien sont au cœur de son œuvre, toujours marquée par un humour ravageur.

Paru dans Le Livre de Poche :

L'APPARITION

ATTIRANCES

CHEYENNE

CLONER LE CHRIST ?

CORPS ÉTRANGER

LA DEMI-PENSIONNAIRE

L'ÉDUCATION D'UNE FÉE

L'ÉVANGILE DE JIMMY

HORS DE MOI

RENCONTRE SOUS X

UN OBJET EN SOUFFRANCE

LA VIE INTERDITE

Didier van Cauwelaert présente :

KARINE APRÈS LA VIE

DIDIER VAN CAUWELAERT

Un aller simple

ROMAN

ALBIN MICHEL

ISBN : 978-2-253-13853-2 - 1re publication - LGF

J'ai commencé dans la vie comme enfant trouvé par erreur. Volé avec la voiture, en fait. J'étais garé sur les clous et, pendant les années qui ont suivi, Mamita, quand je ne finissais pas mon assiette, disait que la fourrière allait venir me chercher. Alors je mangeais trop vite et après je rendais tout, mais dans un sens c'était mieux ; ça m'évitait de prendre du poids. J'étais l'adopté, je restais à ma place.

Chez les Tsiganes, l'enfant c'est sacré. Il doit être le plus gras possible, pour le prestige ; c'est un roi de zéro à quatre ans – après il se débrouille. Moi je me suis débrouillé sans avoir été roi : je tombais de moins haut, je rasais les murs, je ne disais rien, j'étais le plus maigre. A force de se faire oublier, on y arrive.

Souvent, la nuit, le camion-grue de la fourrière venait enlever ma voiture mal garée pour la conduire à la casse, et j'étais broyé sous la tôle. Heureusement, dans la roulotte de Mamita, il y avait toujours un des rois qui braillait ; ça arrêtait le rêve au moment où j'étais encore vivant, et je pouvais me rendormir. Je savais que j'étais en sécurité, bien au chaud parmi ces gros enfants couverts de chaînes et de médailles qui tintaient dans le noir. J'appréciais d'autant plus que mon sort, on me le disait tout le temps, s'était joué a une voix, au conseil des anciens. Celle du vieux Vasile, le Rom qui m'avait volé sans me voir, endormi dans mon couffin sur la banquette arrière au milieu des achats de Noël. Il avait mis tout son poids dans la discussion, face aux Manouches qui voulaient qu'on me rapporte. Comme il n'y avait pas de papiers dans la boîte à gants, il pensait que j'étais un signe du ciel. On ne l'a pas contrarié, parce qu'il était déjà très ancien, à l'époque, et dans nos coutumes c'est le gâteux qui a la sagesse.

La voiture était une Ami 6 de race Citroën, alors on m'a appelé Ami 6, en souvenir. Ce sont mes origines, quoi. Avec le temps, pour aller plus vite, c'est devenu Aziz. Mamita, qui est née rom en Roumanie où elle a été stérilisée par les nazis, dit toujours que c'était une mauvaise idée de m'abréger comme ça, parce que, petit, j'avais le type français – d'après elle, les noms qu'on donne, ça déteint. Ça m'est égal. J'aime bien être un Arabe, parce qu'on est nombreux et on me fout la paix. Depuis que je me débrouille avec les autoradios, et qu'il m'a fallu des faux papiers en cas d'arrestation, j'ai aussi un nom de famille : Kemal. Je ne sais pas d'où ça vient. C'était peut-être l'année des K.

Je pensais parfois à mes parents de départ, qui avaient dû porter plainte et attendre la demande de rançon et garder toujours l'espoir, tant qu'on ne retrouvait pas mon corps. Un jour, je me disais, je mettrais une petite annonce dans *Le Provençal :* « Enfant volé au moment de Noël dans une Ami 6 recherche ses parents. Écrire Aziz Kemal, Estafette bleue en face du four à pizza Volkswagen *Chez Vasile,* cité Vallon-Fleuri, Marseille-Nord. » Mais je renvoyais toujours à plus tard. Quand on a réussi à se faire accepter à peu près dans une famille, on n'est pas très chaud pour tenter le coup une deuxième fois. J'aimais mieux rester dans le doute et garder le rêve. Ignorant d'où je venais, j'étais content d'être là.

Souvent, j'imaginais que j'étais le fils d'un attaquant de l'OM, à qui son garagiste avait prêté une Ami 6 pendant la révision de la Mercedes. Une autre fois, j'étais l'héritier des Savons de Marseille. Ou le dernier d'une famille de dockers, avec un chômage pour douze. Les jours de pluie, je me disais simplement qu'on avait refait un enfant à ma place.

Et puis, à dix-huit ans, ils m'ont dit la vérité. Une autre vérité, plus dure ou plus simple, je ne sais pas. Le vieux Vasile n'avait pas volé mon Ami 6 ; il l'avait percutée, avec le Volkswagen du four à pizza, alors qu'elle tentait un dépassement interdit dans le virage de la Frioune. Parents tués sur le coup. Il m'avait tiré de l'épave avant qu'elle n'explose, et voilà : je connaissais la suite. Vasile ne s'en était jamais remis ; il n'avait plus touché un volant ni rallumé son four, et c'est pourquoi j'avais toujours connu son Combi Volkswagen sur cales, recouvert de lierre, et une Sainte-Marie dans son four à pizza.

J'ai d'abord été très ému que toute la cité m'ait joué la comédie, si longtemps, pour m'éviter le chagrin – un peu vexé, aussi. J'ai mis mon plus beau tee-shirt, et je suis allé avec dignité remercier Vasile de m'avoir sauvé la vie et non fauché. Il a sorti un doigt tout ridé de son plaid, et prononcé d'une voix caverneuse, les yeux dans le vide :

— Engendré non pas créé, de même nature que le Père, et par Lui tout a été fait.

Ça devait être une devinette, et je n'ai pas su répondre. Mais il était carrément gâteux, à présent, on ne le sortait plus que pour les fêtes, et peut-être qu'il n'y avait pas de réponse.

J'ai eu de la peine pour mes parents, bien sûr. Même si c'est dur de pleurer sans connaître. Et puis je me suis consolé en me disant qu'au moins, ils n'avaient pas souffert de mon absence. Dans les mois qui ont suivi, ce qui m'a surtout manqué, c'est drôle, c'est la petite annonce que je leur écrivais dans ma tête, souvent, avant de m'endormir, l'embellissant, l'améliorant, la tournant mieux. La petite annonce que j'aurais toujours eue dans mon cœur pour la dicter un jour, au cas où. Elle ne rimait plus à rien, désormais. J'étais orphelin d'une phrase.

Mais bon, la vie continuait. Je me trouvais donc à Marseille en qualité de Marocain provisoire, avec permis de séjour payable à chaque renouvellement. Tant qu'à faire un faux, on aurait pu carrément me donner la nationalité française, il me semblait, mais c'est vrai aussi que je n'avais pas voulu mettre le prix. J'ai des principes, moi. L'argent que je gagne avec mes autoradios, je le donne à la cité : il sert à rembourser mon enfance, pas à engraisser les faussaires du Panier. De toute façon, une race, pour moi, ça ne s'achète pas ; c'est comme la couleur des yeux ou le temps qu'il fait, tous ces trucs qui vous tombent dessus sans vous demander votre avis. Et puis si les gens ont besoin d'un faux papier pour se rendre compte que je suis français, je préfère rester arabe. J'ai ma fierté.

Non, le seul endroit où je me pose un problème, c'est le terrain de foot. Là, pour le coup, je me sens tiraillé. Jouer dans les Roms de Vallon-Fleuri contre les Beurs du Rocher-Mirabeau, j'ai l'impression que je trahis. Et non seulement je trahis, mais en même temps j'usurpe : je sais très bien que les Tsiganes ne me considèrent pas comme un des leurs. Un gadjo avant-centre, même quand il marque un but contre sa race, c'est un bon avant-centre mais ça reste un gadjo. C'est ainsi que, finalement, je suis devenu arbitre.

Dans les bagarres entre cités, ça va mieux : d'instinct, je me suis toujours rangé du côté de ma famille adoptive, bien que j'aie du mal à tabasser les Rocher-Mirabeau. Un frère de sang, c'est normal, on le reconnaît quand il saigne. Aussi j'évite le plus souvent de me battre, et on me prend pour un lâche, mais ça n'a aucune importance tant que la fille que j'aime n'a pas honte de moi devant les autres – et ça tombe bien : on se cache.

Lila a dix-neuf ans, comme moi. On s'est connus enfants et maintenant il faut qu'on fasse attention, à cause de mes origines. Ses frères lui destinent un Manouche comme eux, un Saintes-Maries pur-fruit, Rajko, le spécialiste Mercedes. Alors dans la cité, quand on se croise, Lila et moi, c'est bonjour-bonsoir et le regard qui se détourne. Mais une fois par semaine, elle prend la micheline, je pique un scooter, et on se retrouve dans la calanque de Niolon, qui est le plus bel endroit du monde – à l'époque, je n'ai encore jamais quitté les Bouches-du-Rhône.

Comme sa mère, Lila voit dans les mains la vie des gens. Tout ce qu'elle m'a dit sur moi, c'est que je m'arrête bientôt mais que je repars à un croisement. Elle a les cheveux noirs, les yeux qui brûlent, l'odeur du tilleul en juin et des jupes rouges ou bleues jusqu'aux chevilles, qui s'envolent quand elle danse, mais j'arrête là parce que, la suite étant ce qu'elle est, ça me fait trop mal quand je me rappelle.

Des centaines de fois, elle m'a raconté le pays d'où elle vient et qu'elle n'a jamais connu, l'Inde ; elle m'a récité les cérémonies, les vaches sacrées, les bûchers fleuris où ils balancent la veuve quand le mort est un pur-fruit – je n'écoutais pas vraiment. J'écoute assez peu, dans la vie, sauf à l'école, et je n'y vais plus. Mais du jour où on a fait l'amour, moi couvert et elle de dos, pour se respecter avant le mariage – *son* mariage – tout ça n'a plus existé. On était libres et seuls au monde et je me sentais enfin chez moi. Elle m'avait dit « je t'aime » dans sa langue ; moi je n'ai pas de langue à part celle que je parle – pas de langue à moi, je veux dire, secrète – alors je n'ai rien dit, mais le cœur y était. Je pensais qu'après son mariage, on n'aurait plus besoin de se respecter, et on pourrait s'aimer les yeux dans les yeux.

Le soir, à la veillée, chacun se rappelle ses origines, ses traditions, les pays où il a roulé ses racines, regrette l'inox qui a tué la gloire des Kalderash, étameurs-chaudronniers de père en fils, énumère entre deux grattements de guitare et trois solos d'harmonica les persécutions, les pogroms et les arrêtés municipaux qui l'ont fait échouer, voyageur dans la tête et caravane sur briques, à Vallon-Fleuri, Bouches-du-Rhône. Moi je suis là et je me tais. Je hoche la tête, par respect ; j'ai l'esprit ailleurs. Je n'aime pas d'où viennent les autres. Je veux bien être sans histoire, à part l'Ami 6, mais ça me fait mal d'être le seul.

Alors le bonheur, c'est quand je suis allé à l'école. Le bonheur, c'était d'apprendre. Je m'inventais une autre famille, rien qu'à moi, avec les mots et les chiffres que je pouvais changer d'ordre comme je voulais, additionner, conjuguer, soustraire, et tout le monde me comprenait. Au tableau, quand je récitais les batailles et les fleuves, on m'écoutait comme si c'était mon histoire à moi. Les millions de morts, les inondations et la haine des hommes se transformaient en bons points. La plus belle des récompenses, pour moi, c'était d'apprendre le relief et le climat d'un pays, pas seulement parce qu'on en vient, mais simplement parce qu'il existe. Et ce n'était qu'un début : il restait tant de choses à connaître, j'en aurais pour la vie.

Mais j'ai dû arrêter l'école au milieu de la sixième, à cause de Vallon-Fleuri qui n'aime pas les bouches inutiles. A cinq ans on est « chouf », guetteur à pied, à sept ans on pique ses premiers sacs, à onze ans on devient « alouette », guetteur en mob, et on arrête l'école. C'est comme ça.

M. Giraudy, le professeur de géographie, a dit qu'il avait de la peine que je parte ; on n'avait pourtant pas beaucoup parlé entre nous, à part les leçons, mais parler ça me gêne, et je n'arrive jamais vraiment à attraper les mots – comme les poissons qui se débattent quand on les pêche ; c'est tellement plus beau de les regarder nager. M. Giraudy m'a dit que la vie était mal faite, et il devait s'y connaître : il avait cinquante ans. Ailleurs, d'après lui, dans d'autres quartiers de Marseille, il y avait des collèges normaux, sans tags et sans drogue et sans viols et sans casse, et j'aurais mérité mieux, parce que j'avais l'envie d'apprendre. Il avait l'air si triste, je n'avais jamais vu quelqu'un d'aussi triste, et je me disais que peut-être c'était mieux que j'arrête l'école, si ça rendait si triste.

Il m'a souhaité bonne chance, et m'a offert un livre incroyable, un atlas de trois kilos qui s'appelait *Légen-*

des du monde. Je n'ai rien dit pour ne pas pleurer, parce qu'on m'avait répété : « Un Arabe c'est fier », alors j'ai pensé : « Que le Prophète soit toujours sur ta route » ; ce n'était pas de la vraie religion, c'étaient des choses entendues mais le cœur y était.

Le jour où j'ai volé mon premier autoradio, un Grundig, je le lui ai envoyé par la poste, en cadeau de remerciement, avec un mot : « De la part d'Aziz, 6ᵉB, pour votre gentillesse. » Je m'étais fait la promesse que plus tard, quand je serais en âge de conduire, je lui volerais la voiture pour aller avec, parce qu'on l'avait toujours connu en bus, M. Giraudy, et puis j'ai oublié, et puis je n'ai pas eu le temps, à cause de l'aventure qui m'est tombée dessus.

Autour du feu, à la veillée, pendant que les autres se racontaient la Roumanie et la Turquie et le nord de l'Inde, tous les endroits d'où on les avait chassés, moi j'apprenais par cœur les légendes du monde, spécialement l'Arabie puisque c'était mon type, et comme on n'était pas sûr du pays d'où je venais, c'était plus ressemblant d'en apprendre les rêves que la réalité de tous les jours, telle qu'on la trouvait dans les pages du *Provençal* où j'emballais mes autoradios pour les vendre.

Et j'observais du coin de l'œil, entre les flammes consumant les cagettes, Lila qui évitait mon regard, assise à côté de Rajko, son promis, le spécialiste Mercedes, qui accompagnait à la guitare le récit des persécutions. Moi j'accompagnais ma peine en me racontant l'histoire des amants d'Imilchil : un Aït Brahim tombé amoureux fou d'une Aït Yazza, la tribu adverse – de leurs larmes naquirent le lac Isli, lac du Fiancé, et le lac Tislit, lac de la Fiancée, page 143 de mon atlas, où leurs familles les noyèrent séparément pour éviter la mésalliance.

Un après-midi de juillet, sur les rochers de la calanque après l'amour, j'ai évoqué doucement l'Aït Brahim à l'oreille de Lila. Elle a cru que je lui parlais d'un copain des cités beurs, et elle a plongé pour chercher des oursins.

Quand je descends à Marseille côté français, pour aller consulter les nouveaux autoradios, me faire une idée des prix, je vois les familles des autres jeunes et j'ai parfois des envies d'être à leur place. Mais ça passe. La tendresse qui me manque un peu, à Vallon-Fleuri, est remplacée par la fraternité dans l'action. Là, je fais vraiment partie du clan : j'ai le sourire engageant, la main agile et je cours vite.

Une de nos spécialités, c'est l'attaque à l'italienne – que les Italiens appellent l'attaque à la gitane, mais ils sont minoritaires. On passe en mob, on vous crève un pneu au feu rouge, on vous aide à changer la roue et on repart avec la voiture. La police conseille d'ailleurs aux gens qui doivent absolument traverser nos quartiers de ne pas s'arrêter aux feux rouges. C'est gentil, mais ceux qui ne s'arrêtent pas, on les tamponne. Ils sortent avec leur constat à l'amiable et on les braque : c'est une variante, l'attaque à la belge. On rapporte la voiture à la cité, et on la désosse par équipes : celle des pièces-moteur, celle des pneus, celle des phares, celle des accessoires et celle de l'autoradio – moi. On fait surtout dans la Mercedes et, pour ne pas se compliquer la vie avec les stocks, un type comme Rajko, par exemple, ne travaille que sur commande. Vous lui dites : « Rajko, il me faudrait un joint de culasse pour 500 SL », et vous l'avez le lendemain.

Quand il ne reste plus que la carcasse, on la traîne sur l'avenue à la sortie de la cité, pour que la voirie nous débarrasse, sinon les épaves s'empilent. Ce n'est pas une casse, chez nous. Vallon-Fleuri, c'est notre fierté : on a même planté des fleurs, pour aller avec le nom – comme quoi Mamita avait raison : avec le temps, le nom déteint sur la chose.

En tant qu'Aziz Kemal, ainsi, vers les quinze ans,

j'ai eu ma période musulmane. Mais j'ai arrêté très vite : j'aimais trop la bouche de Lila pour vouloir y mettre un voile. J'ai rendu son Coran à Saïd, le gardien de la cité des Ducs, un champion qui réussissait depuis un an, avec sa batte de base-ball, à barrer l'entrée de ses immeubles aux dealers, et j'ai continué à soutenir l'OM.

La vie est calme, à Vallon-Fleuri, et les descentes sont rares. Il faut dire qu'un policier qui se mettrait en tête de contrôler les identités dans les quartiers nord, d'abord il serait immédiatement reconduit à la frontière, et puis le préfet lui passerait un savon, parce que la mesure qu'il a prise pour faire baisser la criminalité, le préfet, c'est de décider qu'on n'existe pas. Marseille-Nord, officiellement, c'est devenu un désert. Nos cités ne sont plus marquées sur les cartes ; il reste une trentaine de policiers titulaires pour deux cent mille inexistants, et du coup on s'est mis à les protéger, comme une espèce en voie de disparition.

Sans me vanter, je crois que le préfet, dans son genre, est assez malin : si on fracasse un policier, on sait très bien que sa plainte ne sera jamais transmise au tribunal par ses chefs, à cause des statistiques, alors on a pitié de lui et, plutôt que de le fracasser, on s'arrange pour faire de l'autodiscipline. Sachant que la Brigade de Surveillance du Secteur tourne en deux équipes de cinq voitures, l'une de midi à dix-neuf heures et l'autre de dix-neuf heures à quatre heures du matin, on se débrouille pour travailler entre quatre heures et midi, quand elle dort, et tout le monde est content. Pour nous remercier de notre délicatesse, on nous a d'ailleurs installé un MIN, Marché d'intérêt national, où on va se servir gratuitement avec nos caddies, ce qui nous évite de casser Leclerc et Casino, réservés aux petits vieux du pays, qui n'ont pas d'autre moyen que de payer à la caisse. On les respecte, les petits vieux du pays. Surtout qu'en général, ils sont propriétaires depuis des dizaines d'années de leur appartement qui, avec notre voisinage, a perdu les trois quarts de sa valeur.

Non, dans l'ensemble, Marseille-Nord, ça fonctionne assez bien. On a même des attractions de Paris qui passent par chez nous. Des commissions d'études qui proposent des solutions pour améliorer la qualité de notre vie. Question ensoleillement, l'an dernier, ils nous ont bien améliorés, à Vallon-Fleuri : ils ont scalpé les vieilles tours de la cité d'à côté, comme quoi la délinquance venait du trop grand nombre d'étages. Sur ce plan-là, nous, on ne risque rien : le Tsigane, même adoptif comme moi, ne supporte pas la verticale. On ne pourrait pas vivre dans une tour. Ni dans une barre, d'ailleurs – c'est comme une tour, mais en longueur, et ça ne doit pas être très bon non plus pour la délinquance ; dès qu'un logement se libère dans une barre, l'office HLM le mure, au lieu de le relouer. Ça revient moins cher que de le remettre en état, je pense.

Le jour où la Commission est venue à Vallon-Fleuri, ça s'est très bien passé. On a été gentils, on lui a offert le pastis pour calmer l'état de choc, parce qu'elle arrivait de chez les Comoriens de la Basse-Robière où elle avait reçu un frigo par la fenêtre. Un peu de musique, jazz manouche, flamenco, Gipsy Kings, et les nerfs se sont détendus. La Commission nous a remerciés de notre accueil. Elle a emporté les paniers que les enfants lui montraient, en croyant que c'étaient des cadeaux. Après, elle a déclaré aux actualités que les « Bohémiens » se sentaient mal intégrés dans leurs roulottes, et que toutes leurs difficultés venaient de là. Forcément, quand on ne connaît pas. A la place du hameau en ruine qu'on utilisait comme atelier de mécanique, ils nous ont bâti des maisons Bouygues.

On a été très contents. On les a laissés construire, sans voler de ciment sur le chantier, comme c'était pour nous et qu'on était pressés qu'ils terminent. Après les dernières finitions, ils sont revenus avec le préfet, la télé et le monsieur de chez Bouygues, pour nous remettre officiellement les clés : il n'y avait déjà plus de serrures. Il n'y avait plus de portes non plus, d'ailleurs, ni de fenêtres, ni d'éviers, ni de chiottes ; on avait tout désossé et revendu au détail. Il restait les tuiles, qu'on gardait pour l'hiver : les prix seraient plus hauts. Le monsieur de chez Bouygues tirait une tronche de déterré, et il a fait partir la télé, et le préfet ne savait plus où se mettre. Mais on était contents des pavillons, quand même, fallait pas croire : c'était joli, comme vue, par la fenêtre des caravanes. Ça faisait environnement, on disait pour les flatter. On a répété nos félicitations et je vous en prie, le buffet est ouvert.

Ils n'ont rien bu du vin d'honneur qu'on leur avait préparé, avec des produits de chez eux pour leur rendre hommage, piqués spécialement au dépôt de Fauchon à Marignane. On est restés tout bêtes après leur départ, avec nos tonnes d'œufs en gelée et de quiches au saumon. On s'est forcés à manger, mais on était déçus.

Pignol est venu pour nous faire signer la plainte, comme on était nos propres victimes. Il nous a aidés à finir le buffet.

C'est mon copain d'enfance, Pignol. On s'est connus à l'école, mais il a continué plus longtemps que moi et parfois il regrette, quand il voit la vie que je mène. Au départ, il voulait faire SNCF mais il a raté le concours, alors il a fait comme son père. C'est dans ces moments-là qu'on se félicite d'être orphelin. D'autant plus que l'école de police, ils l'ont mise entre deux cités chaudes, pour que les élèves ne se sentent pas coupés de la population. De ce côté-là, c'est réussi : ils suivent leurs cours derrière des grillages, assiégés, bombardés à coups de pierres et de canettes pour leur apprendre le métier, ils n'ont pas le droit de sortir seuls de leur bunker, et c'est un panier à salade qui les ramène le soir dans leur dortoir – ils appellent ça « être du bon côté de la loi ». Leur dortoir se trouve à Jean-Jaurès, une autre cité bien grave où ils sont gardés toute la nuit par les voitures de la Brigade de

Surveillance, qui en fait ne sert qu'à ça : protéger les apprentis policiers de leurs futures victimes. La formation qu'ils en retirent, évidemment, c'est la haine, et comme chez nous elle n'offre aucun débouché, ça fait des vocations inutiles qu'on envoie dans les cités lyonnaises où c'est moins civilisé qu'ici.

Le dimanche, j'allais rendre visite à Pignol dans son parloir, et j'étais un peu triste pour lui. Si fort en français, c'était dommage de le voir régresser entre les cours de tir et les parties de belote. Son avenir, derrière les barreaux de son école, ne lui promettait rien en échange de sa jeunesse gâchée, et son père qui était l'un des instructeurs le traitait de minot, de brêle et de gonzesse. C'est comme ça : beaucoup de vieux flics, qui ont fait la loi autrefois à Marseille, n'ont plus que leurs jeunes recrues pour se venger, aujourd'hui.

J'essayais de l'aider comme je pouvais, Pignol. Quand il a fait son stage dans la patrouille de nuit, je lui ai indiqué les endroits dangereux à éviter, je lui ai même organisé deux ou trois petits flags, pour qu'il ait son diplôme. C'est normal de se renvoyer l'ascenseur : autrefois, dans les dictées, c'est sur lui que je copiais.

Un soir où il déprimait à la bière, je lui ai raconté une des légendes de mon atlas. Ça se passait à Cuba, c'était l'histoire de José Luis, un garçon de notre âge qui chaque nuit devenait un jaguar, grâce à la magie vaudou qui apprend à sortir de ses rêves sous la forme que l'on veut. Et il consacrait ses nuits, José Luis, à essayer de séduire une femelle jaguar qui ne voulait pas de lui. Il était très malheureux et, au lieu de faire son travail de jaguar, chasser pour nourrir ses petits, il sombrait dans le désespoir – et de même pendant la journée, où il négligeait de couper sa canne à sucre pour soupirer après la femme d'un autre – si bien qu'à la fin les esprits vaudou en ont eu marre, et un matin on a retrouvé José Luis, sur son lit, dans son corps d'homme, dévoré par le jaguar de ses rêves.

Pignol avait haussé les épaules en disant que j'étais un utopiste. Ça m'avait déçu qu'il ne comprenne pas le sens de mon histoire, qui était pourtant clair : si on se laisse aller au désespoir, on finit mangé par les rêves qu'on a vécus de travers.

J'ai quand même cherché « utopiste », dans les dictionnaires de la FNAC. C'est un M. Morus qui a inventé ce nom en 1516, d'après des mots grecs signifiant « qui n'existe en aucun lieu ». C'est agréable.

De ce jour-là, jusqu'à l'aventure qui m'est arrivée, je n'ai plus jamais raconté de légendes à personne. Je les gardais pour moi, c'était ma réalité personnelle où n'entraient ni Lila ni Pignol. Et peu à peu, je crois, le vieux livre rouge et or, tout corné, tout effiloché d'avoir été si lu, devenait mon vrai pays, mon pays d'origine. Il y avait une histoire où j'allais souvent, celle qui représentait l'Autriche. Un nageur se baigne dans un étang, et s'approche pour admirer les nénuphars. Il les trouve si beaux, si paisibles ; ça le change des villageois qui lui jettent des pierres en tant que juif. Alors il avance la main pour caresser l'un des nénuphars, et, sous la caresse, la tige qui s'était enroulée autour de sa jambe se rétracte et l'entraîne au fond de l'étang. Là, il découvre un monde merveilleux avec des poissons-femmes et des algues amicales, où il peut respirer mieux qu'en haut.

J'avais envie, la nuit, de caresser le nénuphar — et pas seulement à cause des villageois. Élevé au milieu de nomades immobiles, je désirais partir, souvent, si fort, mais partir sans personne, c'est un peu comme rester. Lila ne me suivrait pas avant d'être veuve, et Rajko se portait très bien.

De légende en légende, dans mon Estafette sans roues branchée sur un pylône, il m'arrivait de perdre pied, d'imaginer le fond de l'étang qui m'attendait sans doute. Un jour, à force de caresser les mots, ils m'entraîneraient avec eux sous la surface, et il n'y aurait plus personne au-dessus du livre ouvert.

On venait de nager au milieu des barques, dans le petit port serré au creux des collines, dominé par la vieille gare aux volets bleus avec sa frise à moitié effacée et son toit pentu que rasaient les hirondelles. On s'était aimés dans l'eau, à l'ombre du rocher de l'UCPA d'où plongeaient des étudiants blanc crème, parmi des cris et des rires qui dissimulaient les nôtres, et on buvait tranquillement un perroquet à la terrasse de Chez Francis, admirant la calanque au soleil du soir, quand Lila a rassemblé ses longs cheveux lourds dans une tresse qu'elle s'est mise à essorer, tout en disant :

— Voilà.

Sur un ton qui m'a surpris. Comme si elle constatait une fatalité, que j'ai d'abord crue du genre météo : des nuages lourds s'amassaient au-dessus du viaduc, et une goutte d'eau s'est écrasée sur mon bras. J'ai dit que la semaine prochaine il ferait meilleur. Elle a dit non, d'une voix encore plus grave. Alors j'ai compris. Aux dernières Saintes-Maries, elle avait pèleriné avec Rajko et, entre eux, ce n'était plus qu'une question de temps pour rassembler sa dot : ses frères étaient sur une grosse affaire, la revente à l'office HLM des mille portes blindées qu'ils avaient volées en décembre. D'un côté ça me faisait mal au cœur, mais d'un autre j'avais du respect pour Rajko. C'était un grand mécanicien : il m'avait appris à résoudre tous les problèmes d'antivol sur les autoradios, même les façades amovibles et les codes secrets. Lila aurait pu tomber plus mal, comme fiancé. Je savais qu'elle lui avait ouvert l'entrée d'honneur, mais je n'étais pas jaloux. Tout ce que je demandais, c'était de continuer à passer par-derrière. Après tout, l'amour, « ce n'est pas se regarder dans les yeux, c'est regarder ensemble dans la même direction », comme disait autrefois M. de Saint-Exupéry, dans une dictée où je n'avais fait que trois fautes.

— Alors ça y est, j'ai dit. Tes frères ont vendu les portes.

Elle a haussé ses belles épaules nues, que j'avais peut-être maintenues hors de l'eau pour la dernière fois. Elle a dit :

— Fallait s'y attendre.

— Mais on va continuer à se voir, j'ai dit sur la pointe de la voix, avec un poids dans la gorge.

— Non. Rajko a su, pour nous. Il veut bien m'épouser quand même, mais j'ai juré que c'était fini, toi et moi, que t'existais plus.

J'ai dit bon. Et je l'ai reconduite à la gare. Notre histoire s'arrêtait sur un quai plein de soleil, de maillots mouillés, de peaux salées, de couples heureux. En la regardant monter dans la micheline, la jupe collée à ses fesses, j'avais beau l'imaginer dans dix ans avec les cent vingt kilos de sa mère, l'hérédité n'atténuait rien. On aurait pu grossir ensemble, et voilà : je resterais maigre. Un fond d'espoir bizarre, pourtant, m'empêchait d'être malheureux. J'ai toujours eu des espèces de pressentiments ; je ne sais pas lire dans les mains, comme Lila qui me répétait que j'avais une double vie dans mes lignes – fidèle comme j'étais, ça m'énervait à un point – mais quand j'ai du mal à souffrir, en général c'est un signe.

Lorsque Rajko, dix jours avant leur mariage, en faisant ses provisions de minuit chez le concessionnaire Mercedes, a été flingué par un vigile, j'ai remercié les Saintes-Maries, la Bonne Mère, Allah et l'OM, tous les dieux de Marseille. Ce n'était pas de la méchanceté, c'était de l'amour : j'avais simplement prié pour que Lila soit veuve, un jour, pas trop tard, avant de peser trop lourd.

Tout le monde à Vallon-Fleuri savait que Rajko lui avait demandé une avance sur le mariage : elle était donc déshonorée – c'était ma chance. Je suis allé proposer une reprise à Matéo, son frère aîné. Comme dot, je m'engageais à fournir douze Pioneer laser et quarante enceintes Bose. Ils ne trouveraient jamais mieux, pour une seconde main. Il y a eu un vote, dans la caravane des anciens, et j'ai gagné par deux voix – celles du vieux Vasile, qui ne sait plus comment il s'appelle mais qui vote double, à cause de l'âge. Matéo a dû s'incliner, la rage au cœur. Ils sont drôles, parfois, les Manouches : ils préfèrent qu'une fille reste déshonorée à vie, toute seule, et leur donne la honte, plutôt que de la solder à un gadjo qui effacera la tache en l'emmenant loin d'eux.

Lila n'a pas sauté de joie quand elle a su ma victoire. Elle m'a dit, avec un soupir triste :

— Faut pas rêver, Aziz.

Mais je pensais que c'était par correction : elle portait quand même le deuil. Je n'ai compris sa réaction qu'un mois plus tard, pendant le repas de fiançailles, lorsque ma première vie s'est arrêtée.

J'avais choisi le café Marchelli, à la frontière de notre cité, sur une passerelle au-dessus de la rocade. C'est là que se discutent les affaires de drogue, parce qu'on n'en veut pas chez nous. Question de principe. Nous, on fait du commerce, et ça fait tourner un secteur : voler des voitures permet d'en vendre des neuves, tandis que la carre[1], ça détruit le client – sans compter la mise de fonds pour le piquer gratuit au départ, lui donner le goût de la dépendance. Les dealers, moi, je les fracasse. Et quand j'ai des menaces de mort sur mon Estafette, je la repeins.

1. Dose d'héroïne.

Mais bon, c'est quand même là, au café Marchelli, que j'avais décidé de donner mon repas de fiançailles avec Lila, parce qu'il y a les vraies nappes et le menu gourmet et la décoration pour les fêtes – et puis comme ça, à la frontière de chez nous, ça faisait déjà voyage de noces.

J'avais invité les cent vingt kilos de sa mère, qu'on portait à quatre dans le fauteuil en osier, ses douze frères avec leurs femmes et leurs oncles, et ils ont commencé à parler dans leur langue *sinto* à laquelle je ne comprends rien – chez Mamita, paix à son âme, c'était plutôt kalderash comme dialecte, et de toute façon, d'un clan à l'autre, on ne se comprend qu'en français. L'ambiance était un peu tendue, et c'était dommage parce que j'avais bien fait les choses – enfin, au niveau décoration, parce que pour le reste, je n'ai pas eu le temps de me rendre compte, à cause de la descente de police.

Comme Pignol était en vacances, je n'avais pas été prévenu. Ils sont entrés tous les quatre, pistolet au poing, haut les mains, face au mur. Nous, le réflexe, on avait nos verres levés pour porter un toast, on a eu le geste de trinquer avec eux et de les inviter ; ç'a été mal interprété et nous voilà collés aux cloisons, fouillés, bousculés, tsiganés – je ne dis pas « ratonnés » parce que j'étais le seul. J'ai demandé ce qu'on avait fait de mal, ils ont répondu « Ta gueule ». J'ai pensé qu'ils voulaient briller devant le remplaçant de Pignol, une fille. Ils étaient venus pour faire un exemple, et comme ils n'avaient qu'une place dans la voiture, ils m'ont embarqué moi. Ils se disaient que ça limiterait le conflit ethnique – et ils n'avaient pas tort.

Les Manouches n'ont vraiment rien fait pour me retenir. Matéo a même envoyé une baffe à Lila qui gueulait « Aziz ! ». Le patron Marchelli, l'air habitué, genre tout va bien, comptait les taches sur le verre qu'il essuyait. Je l'ai entendu lancer « Au revoir, messieurs », quand on m'a sorti dans le bruit de la clochette au-dessus de la porte. Comme j'avais payé d'avance, je suppose qu'ils ont mangé mon repas de fiançailles.

Lila a couru un moment derrière la Renault 19, elle a couru avec ses chaussures blanches à la main et des injures sur deux cents mètres, elle était drôlement douée, vocabulaire d'enfer et un sacré souffle, et puis elle s'est arrêtée, elle a haussé les épaules, et elle a fait un bras d'honneur, mais je n'ai pas bien compris le sens. Par la lunette arrière, je l'ai vue retourner vers le café Marchelli où ils avaient dû attaquer les entrées, et c'est drôle, je me suis dit que c'était fini entre nous, comme ça : l'instinct. Entre un fiancé qu'on lui enlève et un repas qui refroidit, elle avait choisi. J'étais injuste, un peu : elle avait quand même couru. Mais dans mon genre, je suis comme Astirios de Macédoine, le devin grec de ma page 115, qui avait lu dans le foie d'un poulet que son maître Epirandas allait l'assassiner, et le lui avait dit. Je sais toujours avant les autres le mal qu'ils vont décider de me faire.

Ils m'ont jeté dans la cellule en grillage où ils mettent les gens qu'ils ramassent avant de les trier. J'avais un peu honte d'être aussi élégant au milieu des autres – costume blanc Daniel Hechter avec l'ourlet du pantalon cousu à l'extérieur, comme c'est la mode, et la chemise Oxford à rayures assorties à la cravate de chez Pierre Cardin en soie pure – mais je n'ai pas eu le temps de leur expliquer que c'était le jour de mes fiançailles ; on m'a ressorti presque aussitôt, pour la confrontation. Et là, j'ai eu un choc.

Dans le bureau du commissaire, assis dans un fauteuil, les doigts croisés sur la bedaine, j'ai trouvé Place-Vendôme, le bijoutier du Panier chez qui j'avais acheté la bague de Lila, parce qu'un cadeau de fiançailles, quand on est honnête, ça ne se vole pas. J'avais voulu la maison prestigieuse avec le nom sur l'écrin, *Place-Vendôme de Paris,* blanc sur cuir rouge ; c'était superbe. Et le commissaire m'ordonne : « Assieds-toi ! Asseyez-vous, pardon » – le préfet avait dû lui dire : pas de bavures. Je me suis assis, et je suis resté la bouche ouverte en entendant Place-Vendôme déclarer que je l'avais cambriolé. Le commissaire m'a demandé si je reconnaissais l'écrin. Évidemment je le reconnaissais : ils l'avaient trouvé dans ma poche en me fouillant, au café, parce que je n'allais pas offrir mon cadeau tout de suite à l'apéritif, pour qui me prenaient-ils ? Mais je l'avais payée, sa bague, et huit mille deux, s'il vous plaît ! Place-Vendôme a dit que le prix était exact, mais que je l'avais volée.

Le commissaire a demandé si j'avais la facture. J'ai haussé les épaules : je n'allais pas donner la bague emballée dans la facture, j'ai des manières, moi ! Il a répondu que tout ce que je disais serait retenu contre moi, et là, ça m'a fait marrer, parce que vraiment, soyez honnête, et puis j'ai eu envie de pleurer parce que la facture, je me rappelle très bien que j'avais oublié de la réclamer : je n'ai pas l'habitude d'acheter, moi.

— Demandez à Place-Vendôme, j'ai dit, c'est lui qui a la facture.

Et j'ai senti que dire ça ou rien, c'était pareil. Place-Vendôme de Paris a soupiré en secouant la tête, les yeux au plafond. J'ai voulu lui coller un pain et les autres m'ont rassis en déchirant la manche Daniel Hechter, et je n'ai plus rien dit, à part demander quand Pignol rentrait de vacances, et ce n'était pas malin non plus ; ils l'ont mal interprété et m'ont refoutu au trou en gueulant contre moi, comme si j'avais voulu mouiller leur collègue, et j'ai pleuré comme une fille au milieu des shootés qui garnissaient la cellule, parce que l'injustice, c'était la première fois que ça m'arrivait.

Ensuite j'ai pensé à mon atlas que j'avais laissé chez moi, dans mon Estafette qui ne ferme pas, et si jamais on me le volait ce serait pire que d'avoir perdu Lila – elle m'avait plu comme ça, parce qu'on avait grandi ensemble, mais *Légendes du monde* c'était le cadeau d'un homme qui n'était pas obligé, qui m'avait donné la joie d'apprendre et c'était plus sacré que tout sur terre, c'était ça mes racines et on allait tout me prendre et on ne m'avait même pas retiré ma cravate pour m'enlever le courage de me pendre ; je n'étais plus rien et je me sentais un lâche parce que j'avais envie de vivre encore.

La journée est passée comme déjà un souvenir, et un souvenir de rien ; on m'avait oublié, c'était la fin de tout et de pas grand-chose au fond, mais je n'avais pas à me plaindre : j'avais eu dix-neuf ans de bonheur sans faire de mal à personne, excepté Place-Vendôme à qui je tordais le cou, représenté par la fourchette. Après j'ai mangé leur bouillie avec mes doigts et c'était bien, le repas de fiançailles, et puis je m'en foutais, Lila finirait vieille pute à cinq francs le kilo et tant pis pour elle, je l'aimais tellement fort, depuis si longtemps, je n'avais aimé qu'elle, la vie était si belle avec elle dans la mer à Niolon, et Vasile aurait dû me laisser brûler dans mon Ami 6 au virage de la Frioune.

La nuit est tombée, ils ont ronflé autour de moi ; je suis resté les yeux ouverts à me dire tout et le contraire, pour m'occuper la tête, sinon j'aurais pensé à mon atlas et c'était trop triste.

Le lendemain, on m'a mis dans une cellule à une place. Un type en costume foncé que je ne connaissais pas est venu me regarder, m'a demandé de me lever, de tourner sur moi-même et de sourire. Alors il a eu l'air soulagé, et il a dit au commissaire :

— Eh ben voilà, il est très bien, celui-là.

Le commissaire m'a remercié et ils ont refermé la porte de la cellule. Pour me distraire, j'ai pensé à Mamadou M'Ba dans la légende éthiopienne ; j'ai essayé de me faire croire qu'ils allaient me vendre comme esclave sur les marchés, mais ça n'a rien donné. La seule image qui tenait dans ma tête était celle de Rajko. Son sourire, sa guitare, sa poignée de main, ses doigts d'or. Il m'avait appris mon métier, il aurait sûrement rendu Lila heureuse et il était mort pour rien. Je lui demandais pardon.

Et puis Pignol est revenu de vacances. Je pensais qu'il allait me libérer, mais j'ai vu tout de suite, à sa tête. Il a dit que voilà, ce n'était pas contre moi, et il fallait que je comprenne. J'ai dit que je voulais bien comprendre, mais que la saloperie de Place-Vendôme me restait en travers. Il a dit que Place-Vendôme c'était un détail. J'ai dit ah bon. Et c'était vrai : l'important c'était mon atlas. Je lui ai dit d'aller chez moi, et il a répondu que c'était déjà fait : ses collègues étaient allés perquisitionner, ils n'avaient rien trouvé.

— Rien ? j'ai demandé.

Il m'a posé une main sur l'épaule. Mon domicile avait déjà été visité, et quand il disait « visité »... Il restait l'Estafette, quoi. La carcasse. Je n'ai pas insisté. Demander pour l'atlas, ça m'aurait fait mal pour rien. Chez nous c'est comme les bêtes, et c'est normal : on s'entraide quand on est là, et quand il y a un blessé on l'achève, dans l'intérêt de la communauté. Il n'y avait rien à dire.

Pignol a ajouté que pour mes papiers, vraiment, j'aurais pu mieux faire. Des faux aussi grossiers, c'était à la limite de l'injure. Je n'ai rien dit, parce que c'est Place-Vendôme qui me les avait fournis, et ça allait encore se retourner contre moi, comme je n'avais pas la facture. Le bijoutier rendait service dans les deux sens, c'était connu ; moitié indic moitié receleur, il avait le tampon de la préfecture et je ne faisais pas le poids.

— On va te ramener chez toi, Aziz.

J'ai remercié, mais ce n'était pas la peine : je n'avais plus de « chez moi » et j'avais perdu Lila ; autant laisser la justice suivre son cours.

— Tu n'as pas compris, Aziz. Te ramener chez toi, ça veut dire : dans ton pays.

— Mon pays ?

— Le Maroc.

J'ai mis un temps à comprendre, et puis je me suis souvenu que sur mes papiers, en effet, j'étais marocain, mais comme ils auraient marqué tunisien, algérien ou syrien ; c'était juste pour faire vrai, ça n'était pas une preuve.

— Ils veulent faire un exemple, Aziz. Ils sont obligés de te renvoyer d'où tu viens.

Alors là, j'ai dit : pardon. Je veux bien être un exemple, mais j'ai fait ma vie comme étranger en France ; je ne vais pas la recommencer comme étranger dans un pays où je serai le seul à savoir que je ne suis pas chez moi. J'ai déjà eu assez de mal avec les Tsiganes. Je suis Aziz, fils d'Ami 6 de chez Citroën, et je suis de Marseille, comme toi, enfin, Pignol, quoi, merde ! Ça se voit, ça s'entend !

Mais je sentais bien que je n'avais pas d'arguments : même ma tête se retournait contre moi, j'étais le trahi complet. Pour ne pas pleurer devant lui, je lui ai dit de remercier le préfet pour moi.

— Ça vient de plus haut, Aziz. Le gouvernement a pris des mesures contre les clandestins. Enfin... *pour* les clandestins. C'est une opération conjointe avec les Droits de l'homme et l'OMI, l'Office des migrations internationales.

Et il m'a expliqué en gros que pour lutter contre le racisme en France, il fallait renvoyer les immigrés chez eux. J'ai continué à me taire, mais ça me paraissait bizarre de lutter contre une idée en la mettant en pratique. Il a ajouté que je prenais l'avion demain matin à Marignane, et qu'un fonctionnaire spécialement affrété pour moi, un « attaché humanitaire » ça s'appelait, allait m'accompagner au Maroc pour vérifier que tout se passait bien, me réinsérer, me trouver un travail, un logement, et, comme disait la circulaire du ministère, « pouvoir donner à la France de bonnes nouvelles de ses amis retournés dans leur pays ».

Il a conclu que l'attaché humanitaire aurait dû être là ce matin, mais il avait raté le TGV et il prenait le suivant. J'ai dit que ça commençait bien, mais c'était pour faire le type dégagé, qui prend la vie avec humour. En réalité j'étais complètement effondré, Pignol aussi. Un collègue l'a appelé, il a eu un mouvement d'impuissance, et il m'a renfermé dans mon trou pour aller déjeuner. On m'a porté ma gamelle, avec la fourchette que j'avais tordue dans le rôle de Place-Vendôme, et j'ai remangé avec mes doigts, et c'était le même plat, et les heures ne passaient plus, sauf que demain j'allais prendre l'avion, et j'ai attendu.

A cinq heures moins vingt, Pignol est revenu. Il évitait mon regard, mais j'avais eu le temps de réfléchir et je m'étais rassuré. Il a laissé tomber d'une voix molle :

— Ton attaché est arrivé.

J'ai demandé, les jambes croisées, l'air de rien :

— On lui a donné mes papiers ?

— Oui.

— Bon, ben ça va, alors : il a vu que c'étaient des faux.

— Non.

J'ai arrêté de regarder mes ongles.

— Tout ce qu'il a vu, c'est que ton permis de séjour est périmé.

Il s'est assis près de moi sur le matelas, les mains entre les genoux, la tête basse. Mon inquiétude est revenue d'un coup.

— Mais vous le lui avez dit, que c'était un faux ?

Il n'a pas répondu tout de suite. Il a sorti son chewing-gum de sa bouche, s'est mis à le rouler entre son pouce et son index. Quand la boule a été bien lisse, il a déclaré que, de toute manière, qu'on le veuille ou non, j'étais en situation irrégulière. J'ai protesté :

— Mais, Pignol, je le suis depuis que je suis né !

Il a crispé son visage pour me faire taire.

— Il faut que tu comprennes une chose, Aziz : ça fait trois jours que la Brigade a ces types sur le dos, qu'ils réclament des clandestins, des clandestins, des clandestins ! Ils sont dans un état ; on n'en peut plus... Ils ont foutu le bordel au Centre de rétention : ils veulent pas comprendre que les gusses qu'on chope sans papiers ne disent *jamais* de quel pays ils viennent, comme ça on peut pas les expulser ; ils font huit jours en se foutant de notre gueule et on les relâche, c'est la loi.

— Et pourquoi moi j'ai pas droit aux huit jours ?

— Le seul qu'ils ont trouvé à reconduire, avant toi, c'était un Noir de Basse-Terre. Ils lui avaient déjà pris son billet. Il a fallu qu'on leur rappelle que la Guadeloupe, c'est français. Tu te rends compte ?

Je me rendais compte, mais c'était leur problème. Moi j'étais marseillais, de cœur, d'accent et de naissance – en tout cas j'avais le bénéfice du doute, et si on devait me reconduire quelque part c'était au virage de la Frioune : mon pays c'était les Bouches-du-Rhône, ma cité Vallon-Fleuri et mon équipe l'OM.

Pignol a poussé un long soupir qui enfonçait ma défense :

— Tu es le premier étranger qui a des papiers, Aziz, et qui vient de quelque part.

— Et si je dis que c'est pas vrai ?

— Tu y gagnes quoi ? Deux ans aux Baumettes pour usage de faux et vol de bijou. Tu tiens vraiment à être français ?

Il avait tourné vers moi des yeux où notre amitié revenait une dernière fois, pour dire adieu. Il pensait visiblement que mon départ, c'était la chance de ma vie. Rien ne me retenait, je n'avais aucun avenir ; ça ne servait à rien de rester. Là-bas je pourrais recommencer une autre existence, avec l'aide d'une personne spécialisée. Il m'a serré le genou, très fort, il m'a dit :

— Tu vas me manquer.

J'étais déjà parti, dans sa tête. C'est fou comme les gens s'habituent vite.

Il est sorti sans se retourner, en laissant tomber la petite boule du chewing-gum qui a roulé jusqu'à mon pied.

Il y a eu un bruit de machine à écrire. Ensuite ils m'ont donné un peigne, pour me préparer à ce qu'ils appelaient l'entretien préliminaire. Il était si sale que je me suis recoiffé avec mes doigts, et puis je ne voyais pas bien ce que ça allait changer à mon destin.

Et je me suis retrouvé devant l'attaché humanitaire. C'était un garçon du genre trente-cinq ans, blond, les joues creuses, la peau blanche, les yeux rouges, des lunettes ; pas laid mais pas fini, avec la bouche serrée des gens qui pensent que leur place est ailleurs. Il portait un costume gris trop chaud pour ici, et une cravate d'enterrement sur une chemise à rayures vertes. Il m'a tendu la main sans me regarder en disant :

— Jean-Pierre Schneider.

J'ai répondu simplement bonjour, parce que mon nom, il l'avait devant lui, sur mon passeport. Il m'a dit de m'asseoir et il n'y avait pas de chaise, mais ça ne l'avait pas frappé. Il examinait une carte du Maroc dépliée devant lui.

— Bien, d'où êtes-vous, exactement ?

Il avait l'air pressé, alors que notre avion partait le lendemain. J'ai regardé à l'envers sur mon passeport le nom de la ville où Place-Vendôme m'avait fait naître.

— Irghiz, j'ai dit.

Il a répondu :

— Je sais, j'ai lu, mais je n'ai pas trouvé. Où est-ce ?

J'ai compris pourquoi ses yeux étaient rouges en voyant la loupe sur la carte du Maroc. Il avait exploré tous les noms du pays sans succès. J'ai failli lui dire de demander à Place-Vendôme, mais il n'existait plus : ce n'était plus qu'une fourchette et je l'avais chassé de ma mémoire. D'ailleurs c'était sûrement un nom qu'il avait inventé, Irghiz : ça évitait les vérifications à l'état civil. L'attaché regardait l'heure toutes les dix secondes, comme s'il avait un rendez-vous après moi. Et, à sa façon de tirer sur ses manches pour faire ressortir ses épaules, je sentais que c'était avec une femme. Moi aussi, quand j'allais attendre Lila à la gare de Niolon, j'avais cette inquiétude dans les muscles, parce qu'on ne sait jamais à l'avance de quelle humeur elle sera, si elle fera la gueule ou rira toute seule, et on se rassure comme on peut.

Il a insisté, l'air buté :

— Qu'est-ce que c'est, Irghiz ? Un lieu-dit, un village ? Où est-ce ?

Je pensais à cette femme qui l'attendait quelque part. Il avait de la chance, même si, vu sa tête, ça se passait mal entre eux. Plus personne ne m'attendrait, moi.

— Je vous ai demandé : où est-ce ?

— Par là, j'ai dit en montrant de loin un coin de la carte, au hasard.

— Dans l'Atlas ? il a dit, avec un air de panique. Vous êtes sûr ?

— Ben quand même, j'ai dit, vexé.

C'était un drôle de réflexe, malgré moi. Mais ce mot « atlas », qui était venu sur ses lèvres comme par magie, comme s'il l'avait lu dans ma tête, ce nom qui signifiait quelque chose pour lui m'avait soudain aspiré dans les couleurs de sa carte, à la manière du nénuphar qui entraîne le nageur au fond de l'étang. Depuis des dizaines d'heures je ne pensais qu'à mon atlas, aux *Légendes du monde,* parce que Lila je l'avais perdue aussi, mais quelqu'un d'autre la prendrait dans ses bras sous le rocher de l'UCPA, tandis que mon livre serait vendu vingt francs à un bouquiniste et personne n'aurait jamais les mêmes rapports que j'avais eus avec lui.

— Dans quel endroit de l'Atlas ? a demandé l'attaché humanitaire, après avoir regardé sa montre avec contrariété.

J'ai dit sèchement qu'on verrait plus tard ; j'étais dans mon rêve. Il n'a pas réagi. Ça m'a fait drôle, tout à coup, parce que dans le fond il était à mon service. Il a simplement expliqué sa question :

— Vous comprenez, ma mission est à la fois précise et un peu floue. Je dois vous reconduire sur votre lieu d'origine, vous aider à renouer avec vos racines, vous épauler dans votre recherche d'emploi auprès des autorités locales... Mais en fait, je travaille au service de presse du Quai d'Orsay, et on m'a détaché de mes attributions habituelles pour me nommer à ce poste qui vient d'être créé. J'essuie les plâtres, en quelque sorte ; je suis désolé que ce soit tombé sur vous.

J'ai dit moi aussi, pour être poli. Je n'avais rien compris à son histoire, mais je le trouvais sympathique, parce qu'il était comme moi : il pensait à autre chose en parlant. Et puis il avait un accent bizarre, qui n'allait pas avec son physique de bureau ; un accent rude et creusé, avec des claquements de consonnes et des voyelles qui s'enfonçaient dans la gorge – j'ai su plus tard que c'était l'accent de la Lorraine, et qu'il croyait avoir réussi à le perdre.

Je le regardais, les mains dans le dos, et j'essayais d'imaginer la femme dans son cœur, pour oublier l'indifférence de Lila qui n'était même pas venue me voir. Il a demandé à Pignol s'il pouvait téléphoner à Paris. Avec une froideur que je ne lui connaissais pas, Pignol a déclaré que normalement ils n'avaient plus le droit de sortir du département, à cause des restrictions budgétaires, mais qu'il allait faire la demande au standard pour qu'on leur rebranche le 16, si M. l'attaché voulait bien donner son numéro et dater-signer le justificatif. L'attaché a répondu que ce n'était pas grave, que ça pouvait attendre, mais ses yeux disaient le contraire et ses doigts tremblaient de nervosité sur la table. Il a poussé un soupir comme on claque une porte, puis il est redescendu sur la carte du Maroc.

— Bon, l'Atlas, d'accord, mais lequel ? L'Anti, le Moyen, le Haut ?

J'ai choisi au hasard, ou par fierté, je ne sais pas :

— Le Haut.

— Mais ça ne va pas du tout, enfin ! a-t-il protesté en tapant sur une pliure. On m'a fait prendre des billets pour Rabat, c'est à l'autre bout du pays !

— C'est à cause de la maquette, a dit un type à côté de lui. Y avait qu'un vol du matin, c'était Rabat ; les autres ça faisait trop tard pour le bouclage.

C'était un roux avec une casquette. Je ne l'avais pas remarqué tout de suite, à cause de son appareil photo. Chaque fois que je venais dire bonjour à Pignol, je tombais sur les photographes du *Provençal* et du *Méridional,* les deux grands journaux de Marseille ; ils sont ennemis en politique mais ils appartiennent au même patron, et c'est surtout au niveau des photos que ça se châtaigne, pour arriver le premier sur les faits divers et les arrestations. Mais le roux d'aujourd'hui ce n'était pas un local, il avait l'accent de Paris qu'on entend à la télé. Comme je le regardais pour m'intéresser un peu à quelque chose, l'attaché me l'a présenté. Il s'appelait Greg Thibaudot et il travaillait pour *Match,* le magazine que je lis au dispensaire quand j'ai mal aux dents.

— C'est lui qui va faire le sujet, a ajouté l'attaché avec un soupir.

Décidément, ça prenait de l'ampleur, mon affaire, et je sentais bien que les flics étaient plus respectueux avec moi, depuis une heure. Le gros avec une moustache m'avait même offert une cigarette, moi qui ne fume pas, et je l'avais fumée en faisant semblant d'aimer, pour encourager l'ambiance.

— Le sujet ? j'ai demandé.

Alors l'attaché a remonté ses lunettes dans ses cheveux blonds un peu frisés, il a pincé son nez entre ses mains jointes, et il a pris un bol d'air avec sa bouche avant de lâcher d'un trait :

— La position de la France est de préserver les droits des travailleurs immigrés, dans la mesure bien sûr où ils ont un emploi et une situation régulière, mais pour les autres, comme vous, il n'est plus question d'employer des moyens d'exclusion ou de refoulement pur et simple indignes d'une démocratie, je vous dis cela pour que les choses soient bien claires, nous sommes d'accord ?

— Oui, j'ai dit.

— Donc, sans entrer dans le détail, le gouvernement inaugure une procédure qui non seulement s'inscrit dans un cadre de dignité, mais aspire à être efficace au plan du résultat, car le but en soi n'est pas de vous faire quitter un territoire où nous vous avons fait venir lorsque nous avions besoin de vous, c'est de vous montrer, avec toute l'aide nécessaire, que c'est *votre* pays maintenant qui a besoin de vous, car le seul moyen de stopper le flux migratoire en provenance du Maghreb est de vous construire un avenir *chez vous*, par une vraie politique d'incitation au développement, tant sur le plan industriel que sur le plan des ressources humaines, et...

Il s'est arrêté soudain, comme s'il tombait en panne. Il a détourné la tête, avalé sa salive, soupiré très fort et, pour la première fois depuis qu'on se connaissait, il a plongé dans mon regard :

— Et samedi l'émission « Marseille, ville arabe » a fait trente pour cent de parts de marché, alors c'est d'ici qu'on lance l'opération ! m'a-t-il jeté d'une voix agressive, comme si c'était ma faute. Je n'ai même pas eu le temps de lire votre dossier ! Je ne sais même pas dans quelle branche vous êtes !

— Les autoradios, j'ai dit malgré moi.

Il m'a regardé une minute, en se calmant, avec un geste vers la carte du Maroc pour excuser son coup de colère, et puis il m'a sorti une phrase où il était question de secteur de pointe, d'investissements audiovisuels et d'implantation d'usine Renault dans la région de Casablanca. Je hochais la tête. J'avais l'impression qu'il passait un examen devant moi.

— Et vous souhaitez persévérer dans ce créneau technique, ou bien vous désirez suivre une autre formation, plus en rapport avec vos compétences ? N'hésitez pas, si tel était le cas : je suis mandaté par les Affaires étrangères auprès de votre gouvernement pour vous simplifier les démarches administratives.

— Je suis OK pour la lumière, a dit le photographe.

— Bon, a dit l'attaché.

Et il a contourné la table avec un air contraint, pour venir se mettre à côté de moi et poser une main sur mon épaule. Et puis il l'a enlevée, parce que c'était peut-être un peu trop, et il s'est contenté de rester debout, le sourire immobile, les mains dans le dos. Le photographe m'a demandé de regarder l'objectif et pas l'attaché, et de sourire, moi aussi.

— Mais pas trop.

J'ai diminué mon sourire.

— Un peu quand même, mais un sourire étonné, si tu peux.

J'ai pris l'air étonné, et je n'ai pas eu beaucoup de mal.

— Pas trop étonné quand même, mais un peu plus souriant. Humain, quoi. Avec un poil d'inquiétude, parce que quand même. Voilà ! Hop, tu bouges plus ! Impec, ça – non, pas les dents, voilà... Si, tiens, reste avec la main comme ça, c'est bon, c'est naturel. Et la carte, OK, le monsieur, j'aime, c'est super, vous prenez la carte du pays, vous lui montrez un coin, et toi tu lui réponds, tu t'intéresses, c'est ça, génial ! OK. Je les double en noir et c'est bon.

Et ça crépitait autour de nous, ça faisait un peu fête ; j'ai repensé à mon repas de fiançailles et les dernières photos ont dû être plus tristes. Le photographe a replié son matériel, et il est parti en nous disant à demain. L'attaché m'a déclaré que je pouvais arrêter de sourire. Il avait l'air un peu navré.

— Je vous prie de m'excuser pour... tous ces à-côtés, mais le gouvernement a besoin, en ce moment... Vous me comprenez. Je peux vous appeler Ahmid ?

J'ai dit oui, au point où j'en étais, mais Pignol qui était blanc de colère rentrée a riposté sèchement que c'était Aziz, mon nom. L'attaché m'a demandé pardon, et où il avait la tête. Ça, je m'en doutais un peu, mais on ne se connaissait pas encore assez pour que je lui demande le nom de la femme qui habitait ses pensées, et comment elle était, pourtant ça m'aurait tenu compagnie. Il me plaisait bien, ce type, je ne savais pas pourquoi. C'était peut-être les circonstances. Et puis il venait d'ailleurs.

Il est parti sans me serrer la main, il devait penser qu'une fois ça suffisait, et il a prononcé dans une langue qui devait être la mienne un mot qui, sans doute, voulait dire au revoir. Il a refermé la porte derrière lui sans se presser, pourtant je sentais bien qu'il était en retard. J'espérais que sa femme l'aurait attendu près du téléphone, et que leurs problèmes seraient arrangés, demain, à l'aéroport.

— C'est dégueulasse, a râlé Pignol en me remettant dans ma cellule.

— Quoi ? j'ai demandé.

— Tout ! Cette... cette mascarade, ces photos, c'est dégueulasse ! Tu trouves pas ?

J'ai dit que non. Ce qui était dégueulasse, pour moi, c'était l'histoire de la bague. Le reste, c'était plutôt gentil.

— Enfin, Aziz, tu vas pas jouer leur comédie ?

Je ne comprenais pas pourquoi il avait changé d'avis depuis tout à l'heure. Il me conseillait de partir ; je partais – où était le problème ?

— Mais c'est une brêle, ce mec, tu vois pas ? Comment tu veux qu'il te trouve un travail au Maroc ? Il est là pour se faire prendre en photo, c'est tout, il est nul !

Il se passait une chose curieuse dans ma tête. Je sentais bien qu'il avait raison, et pourtant j'avais envie de défendre mon attaché. Une relation avait commencé entre nous, dans laquelle Pignol n'avait pas sa place, et c'est peut-être pour ça qu'il était jaloux.

— Non, je le trouve très bien, ce type. On s'est bien entendus.

— Mais révolte-toi, une fois dans ta vie, putain. Réagis !

C'était drôle de voir un policier, même si c'était mon copain, me dire de réagir contre la loi derrière les barreaux de la grille qu'il venait de refermer sur moi.

— Tu sais pourquoi ils t'ont choisi pour t'expulser, t'as compris, maintenant ? Parce que t'as une belle gueule, voilà, t'es photogénique ! Pho-to-gé-nique !

Je ne comprenais pas sa colère. C'était plutôt flatteur.

— Arrête, Aziz ! Moi ça me débecte ! Ils savent plus

quoi faire entre le chômage et les sondages, alors ils renvoient un Arabe chez lui, et comme par hasard ils en prennent un qui a plus l'air d'un Corse que d'un Arabe, comme ça c'est moins raciste ! Alors si en plus, toi, tu es content...

Sans faire de la fierté arabe, je ne trouvais pas du tout que je ressemblais à un Corse, mais je n'ai pas protesté parce que Pignol avait du sang corse par sa mère, et dans sa bouche c'était un compliment.

— Je suis pas content, j'ai dit, mais ça me dérange pas.

— Ça te dérange pas, l'hypocrisie, le bidonnage, l'opération de pub qui est montée sur ton dos, ça te dérange pas ?

J'ai haussé les épaules avec un air modeste. Il a crié que je n'avais pas de couilles, et puis il s'est arrêté, parce que c'était le ton de nos discussions au foot, dans la cour de l'école, au temps où on était pareils, lui et moi ; deux CM 1, deux CM 2, deux 6e B – il n'y avait que l'étiquette sur les cahiers qui changeait, d'une année à l'autre, et ça c'était le passé, encore plus passé que jamais à cause de l'avion que j'allais prendre.

— T'es mon pote, Aziz.

— Moi aussi.

— Ça me fait chier que tu partes.

— Moi aussi, j'ai répété.

Mais c'était déjà moins vrai. Il a baissé les yeux, donné un tour de clé, puis m'a tendu entre les barreaux un chewing-gum que je n'ai pas pris. Je lui ai souri, en hochant la tête. C'est bon d'avoir eu un copain. C'est moins douloureux qu'une femme, quand ça vous quitte. On a toujours l'espoir qu'on restera copains, et que les moments passés ensemble ne seront pas effacés par de nouveaux souvenirs avec un autre.

Là-dessus, en fin d'après-midi, Lila est venue me voir, avec son frère Matéo – et pour moi ça voulait tout dire. Elle a baissé les yeux pendant qu'il parlait. Il a raconté que j'étais le chien crevé au bord de la route, c'était leur langage à eux, et qu'offrir une bague volée à une Manouche, c'était le pire de tout, l'injure suprême aux Saintes-Maries et qu'il l'avait toujours dit, que j'étais l'Arabe sournois et la raclure de gadjo sans foi ni loi. En fait, il avait amené Lila pour qu'elle comprenne bien son erreur : elle avait de la chance que je sois au trou, disait-il, ça la rendait un peu moins déshonorée que je ne sois plus en circulation, mais c'était une leçon qu'elle ne devait jamais oublier.

Je réfléchissais, en le regardant parler. J'étais vraiment la bonne affaire : il gardait comme dédommagement mes douze Pioneer laser et mes quarante enceintes Bose, tandis que Place-Vendôme allait revendre ma bague, et par-dessus le marché la police leur disait merci de m'avoir fourni en tant que photogénique.

Lila est sortie derrière son frère, sans avoir ouvert la bouche. Il le lui avait interdit, je comprenais bien, mais elle aurait pu me dire adieu avec les yeux ; on s'était connus quand même longtemps. J'avais le cœur en morceaux. Voilà que j'avais hâte d'être loin, tiens, de retourner d'où je ne venais pas, pour connaître du neuf : Vallon-Fleuri et les Tsiganes, c'était fini pour moi, et j'étais même pressé de retrouver le garçon nerveux qu'on m'avait attaché, parce que lui, au moins, il n'avait rien contre moi, il ne m'avait pas choisi. On était deux victimes envoyées au diable, et si jamais cette semaine ça manquait de guerres, de morts ou de princesses, on nous mettrait en couverture de *Match* – mais ça ne me faisait ni chaud ni froid, parce que je n'avais plus personne pour me découper.

Sur mon matelas qui sentait moins mauvais — je m'étais habitué, ou j'avais déjà décollé dans ma tête – j'ai rêvé que l'avion allait se poser sur une photo de mon atlas, et plus on descendait, plus elle avait l'air d'être vraie, et on atterrissait dans la réalité, avec les phrases de la légende qui étaient devenues les baraquements de l'aéroport. Et je disais à l'attaché humanitaire : « Bienvenue dans mon pays. » Il souriait, hochait la tête. Il avait l'air moins nerveux, dans mon rêve.

A neuf heures du matin, on m'a donné un café, une biscotte et on m'a conduit à l'aéroport. L'attaché humanitaire faisait les cent pas devant la porte des départs, entouré de barrières mobiles et de policiers de l'air qui ordonnaient aux gens de circuler. Dès que j'ai mis le pied sur le trottoir, il m'a tiré par le bras en me disant de me dépêcher, et m'a demandé où étaient mes bagages. J'ai répondu qu'on avait désossé mon domicile, alors il m'a conseillé d'aller m'équiper à la boutique Rodier. Je l'ai remercié de son attention, mais j'ai précisé que je n'avais pas d'argent. Il a dit que tout était couvert par ses frais de mission, et il m'a donné trois mille francs pour que je m'habille dans le genre tous-les-jours, mais vite parce qu'il y avait des problèmes — je sentais qu'avec lui, c'était plutôt fréquent.

Dans la cabine d'essayage, j'ai quitté sans regret mon costume blanc des fiançailles qui était un trop mauvais souvenir, tout taché par la prison, et je me suis acheté, en marchandant mais ça n'a rien donné, un très beau prince-de-galles en pur coton, avec la chemise à rayures prune et la cravate assortie. L'attaché était resté à la porte de la boutique en verre, avec un grand type en beige pâle dans le genre important, qu'il m'a présenté comme l'envoyé du préfet. J'ai compris à leur regard que mon costume était peut-être trop chic pour la photo, mais moi c'était pour leur faire honneur – de toute façon le beige pâle a dit qu'il n'y aurait pas de photo, à cause de la tournure des événements. Et c'est vrai que ça sentait le poisson dans le hall, mais comme je prenais l'avion pour la première fois, j'évitais de paraître étonné.

— Jusqu'au bout ils nous auront emmerdé, avec ce port ! a râlé l'envoyé du préfet.

— Il faut que je téléphone, a répondu l'attaché humanitaire. J'en ai pour deux minutes.

Il lui a demandé de me garder, et il a disparu en direction des cabines, tandis que les policiers installaient des barrières pour séparer les voyageurs des manifestants qui entraient de plus en plus nombreux.

— Mari-gnane-avec-nous ! scandaient les Conserveries maritimes sous leurs banderoles, en déversant par terre des bidons de bouillabaisse.

— Sud-Marine vivra ! criait un porte-voix.

— Vous avez bien choisi votre moment, m'a jeté avec rancune le beige pâle.

J'ai dit que je n'avais rien choisi du tout, et j'ai demandé si les avions décollaient quand même.

— Ça va, hein ! a-t-il coupé sèchement en me tournant le dos.

Derrière les caméras de télé qui venaient d'arriver dans la cohue, aussitôt encerclées par les barrières mobiles, j'ai aperçu les photographes du *Provençal* et du *Méridional* qui se poussaient du coude pour mitrailler la même chose : le délégué des dockers qui essayait d'arracher son micro à l'hôtesse des renseignements. A plat ventre sur le toit d'un comptoir, le type de *Match* zoomait les CRS en ligne qui rabattaient l'écran de leur casque, devant les boutiques où descendaient les rideaux de fer. Je sentais bien que je ne faisais plus le poids : le reportage sur mon expulsion sympathique serait remplacé par le matraquage des dockers en colère, qui venaient occuper l'aérogare pour sauver le port autonome.

Ils étaient plus photogéniques que moi.

— En panne, a dit Jean-Pierre Schneider en m'entraînant. J'essaierai de l'autre côté.

Et on s'est dirigés vers le contrôle des passeports,

tandis que les haut-parleurs disaient que Marseille ton port est le plus fort, et que les employés du chantier naval chantaient en chœur *Hello Sud-Marine,* tout en avançant en rangs serrés sous leurs banderoles, vers les forces de l'ordre qui attendaient que les caméras s'en aillent.

Dans la salle d'embarquement, c'était plus calme. Je me suis assis sur une banquette en fer, tandis que l'attaché allait essayer les cabines. La chanson des manifestants me trottait dans la tête, comme un regret, une manière d'être solidaire avec eux, pour empêcher notre port de mourir. Mais je n'avais pas d'illusions : même si on le sauvait, je ne dirais plus jamais « notre ». La douleur n'arrive pas toujours où on l'attend. Les larmes qui n'avaient pas coulé sur Lila piquèrent mes paupières au souvenir des vieux docks et des grues figées au soleil couchant, quand les mouettes remontent de la rade vers l'Estaque. Est-ce qu'il y avait seulement des mouettes, de l'autre côté de la mer ?

On nous a embarqués par fournées de numéros dans une sorte de couloir articulé qui menait vers la piste. L'attaché, qui n'avait toujours pas réussi à joindre sa femme, balançait nerveusement sa mallette de voyage, et je l'imitais avec mon sac Rodier Airport où j'avais finalement plié mon costume de fiançailles ; un souvenir, même cruel, c'est toujours bon à garder.

J'avais pensé traverser la piste en m'emplissant le nez jusqu'au cœur des odeurs de ma ville, ce mélange d'huile chaude et de lavande, avec la pointe d'œuf pourri qui nous arrive de l'étang de Berre, mais le couloir était fixé directement à l'avion et c'était mieux, peut-être, d'abréger les adieux. Quand on s'en va pour la première fois, on ne sait pas comment se retourner.

Et je me suis intéressé à l'Airbus, qui avait le mérite d'être nouveau pour moi, même si la façon d'entrer ressemblait au panier à salade. Montrez votre numéro, poussez-vous, mettez-vous là, et on ne fume pas. Les hôtesses de l'air étaient vieilles, et pas de place pour les jambes. Coincé entre le siège de devant et les genoux du type de derrière qui s'enfonçaient dans mon dossier, j'étais assez déçu, parce que les avions qu'on voyait dans les films, notamment celui d'*Emmanuelle*, c'était tout de même autre chose. Mais je n'étais pas en vacances, c'est vrai.

L'attaché s'est relevé d'un coup, il m'a enjambé, il a dit qu'il retournait téléphoner et qu'il revenait. C'était souhaitable, parce que s'il n'était pas là pour me guider, je ne voyais pas bien ce que j'allais faire dans mon pays. En l'attendant, pour ne pas trop penser, j'ai joué avec ma tablette. Une hôtesse est venue me dire d'arrêter, et de redresser mon dossier pour le décollage. Alors un type de l'autre côté de l'allée lui a crié qu'elle se trompait d'avion : sur celui-ci les dossiers étaient fixes et y en avait marre avec les retards et jamais d'explications ; elle lui a répondu qu'il ne devait pas fumer, il lui a conseillé de s'occuper de ses fesses et d'autres gens ont dit qu'ils étaient d'accord, alors elle a répliqué qu'elle travaillait, elle, monsieur ; ils ont répondu que justement, eux, ils étaient en vacances et ce n'était pas pour être traités comme des bougnouls, et je trouvais que l'ambiance sur Air France n'était pas terrible.

Quand mon attaché est revenu, il paraissait encore plus nerveux et creusé que tout à l'heure. Il avait peut-être eu sa communication. Il s'est rassis à sa place en serrant les dents sur ses ennuis, puis il s'est relevé, m'a dit avec un air méchant de prendre le hublot, qu'au moins je voie le paysage, et j'ai obéi pour lui faire plaisir, mais je ne comprenais pas pourquoi il était agressif à cause de ça. Il a sorti un jeu électronique qui devait lui servir d'agenda, s'est absorbé dans son emploi du temps des mois derniers pour oublier ma présence. De mon côté, j'avais hâte de quitter la France ; je me disais qu'un peu de dépaysement, ça lui ferait du bien.

J'ai eu très peur au décollage, mais je n'ai rien montré. On a beau se répéter que le pilote sait ce qu'il fait, on quitte quand même la terre ferme, et après, *inch'Allah*. L'expression m'a laissé un goût bizarre : elle m'était venue naturellement, comme un réflexe. C'était déjà l'air du pays.

Je me suis plongé dans les consignes en cas d'accident, pour éviter de regarder Marseille d'en haut : ce n'était pas la dernière image que je voulais conserver. La manifestation dans le hall du départ m'allait très bien ; elle résumait tout ce que j'avais sur le cœur : la trahison des promesses, la révolte sans illusions, l'indifférence des gens d'ailleurs. Je ne savais pas si une nouvelle vie commencerait pour moi, mais la précédente était bien morte ; c'était déjà un espoir.

Lorsque les petites ampoules qui nous disaient de garder nos ceintures se sont éteintes avec un signal musical, et que l'hôtesse est revenue en tirant la ficelle d'une bouée dégonflée qu'elle s'était passée autour du cou, Jean-Pierre Schneider a descendu sa tablette. Je n'ai pas osé le prévenir que c'était illégal et que l'hôtesse allait gueuler. Un attaché humanitaire, après tout, c'était plus haut qu'une hôtesse. Il s'est mis à travailler sur mon dossier, et il n'a plus rien dit. J'ai fait semblant de dormir, pour ne pas le déranger.

Quand je me suis réveillé, on était toujours dans les nuages, et le pilote disait qu'à Rabat il faisait beau. J'ai regardé l'attaché qui avait refermé mon dossier et qui écrivait une lettre, avec de grands traits rageurs. Ça commençait par « Clémentine », et c'était le plus beau prénom de femme qu'on pouvait imaginer, mais je n'ai pas osé le lui dire ; ça ne me concernait pas. Toutefois, comme il barrait tout, je me suis permis de lire. C'était destiné à être jeté ; il y avait donc moins d'indiscrétion. Ça donnait :

« *Clémentine, je sais que tu* (barré) *pourtant quelque chose en moi* (barré) *et ta voix* (barré) *laisse-moi une chance* (barré) *te dire* (barré). »

Il a croisé mon regard et il a caché sa feuille brusquement.

— Ne vous gênez pas !

— Pardon, j'ai dit. Je lisais pas ; je regardais juste.

— Vous avez un hublot !

J'ai collé mon nez contre le hublot et j'ai observé le ciel, mais j'ai entendu qu'il déchirait sa feuille et qu'il remontait sa tablette. Dans les nuages qui passaient, j'essayais de chercher le visage que pouvait bien avoir sa Clémentine.

— Excusez-moi, Aziz. Je suis un peu nerveux.

Je n'ai pas fait de commentaires. Il a repris au bout d'un moment :

— Je suis en instance de divorce. Je préfère ne pas en parler.

J'ai dit bon, que ce n'était pas grave – enfin si, probablement, mais je comprenais que c'était personnel. J'ai failli lui raconter mon repas de fiançailles, pour qu'il sente qu'il n'était pas le seul à souffrir, mais il venait d'un autre milieu et nos histoires n'avaient sûrement rien à voir.

— Elle s'appelle Clémentine, a dit l'attaché dans un soupir.

J'ai fait l'étonné, et puis je l'ai félicité pour le beau prénom, j'ai dit qu'en somme c'était comme le fruit, et que le Maroc était le pays des clémentines. Mais c'était pour dire quelque chose ; je n'étais même pas sûr que ce soit vrai. Il a frappé soudain l'accoudoir qui nous séparait, ce qui a ouvert le cendrier incrusté d'où a jailli un mégot qui est tombé sur mon genou, et j'ai précisé à la surveillante qui passait avec son air mauvais que je ne fumais pas : c'était le cendrier.

— Je ne comprends pas, je ne comprends pas ce qui nous est arrivé, et *comment* ça a pu arriver ! s'énervait l'attaché tout seul, les mains en éventail, prenant à témoin le siège de devant.

Il devait s'agir de ses problèmes avec Clémentine. J'ai pensé que les choses souvent arrivent d'elles-mêmes : on n'y peut rien. Avant-hier matin, je prenais tranquillement l'apéritif de mes fiançailles, et aujourd'hui j'étais le clandestin-témoin, l'expulsé modèle qui volait vers le pays de ses faux papiers, en compagnie d'un homme qui ne comprenait pas pourquoi sa femme ne l'aimait plus. On nous avait choisis au hasard, l'un pour l'autre, et pourtant on se ressemblait. C'était un peu notre revanche.

De l'autre côté de l'allée, une passagère avait sorti son sein gauche pour le repas de son bébé, et l'absence de Lila, tout à coup, m'a fait très mal. C'était la plus belle fille que j'avais connue, même si c'était la seule. Elle est revenue dans mes bras, sous le rocher de l'UCPA, quand je glissais les mains à l'intérieur de son maillot. J'ai rouvert les yeux pour arrêter l'image. La fille d'en face était douce et blonde, un peu comme Clémentine, et mariée à un Arabe qui m'a souri parce qu'il devait croire que j'étais en couple avec Jean-Pierre Schneider, qui était blond aussi, alors ça nous faisait un point commun.

— Vous avez des enfants, monsieur l'attaché ?

Il a haussé les épaules. Je me suis rendu compte, à son regard dur et sa mâchoire en avant, que la vue du bébé d'en face le gênait autant que moi. Il a sorti une cigarette qu'il a contemplée avec fixité, avant de la remettre brutalement dans le paquet en écrasant les autres, et il s'est tourné soudain vers moi :

— Mais qu'est-ce qu'ils croyaient ? Que j'allais faire un esclandre, les empêcher de se voir ? Ne me dites pas qu'ils ont eu peur ! J'ai pourtant été clair : du jour où elle m'a dit qu'elle avait quelqu'un, je suis parti ! J'ai pris une valise, mon traitement de texte, et je suis allé à l'hôtel. Voilà ! Qu'est-ce que je pouvais faire d'autre ?

— Je ne sais pas, j'ai dit, d'une voix désolée.

— J'aurais dû lutter, c'est ça, contre-attaquer, louer un détective, les faire prendre en photo, lancer le premier l'instance en divorce, jeter ma démission à la tête de Loupiac ? Hein ?

J'ai répondu que dans la vie, on n'avait pas toujours le temps de réagir, et qu'on avait sa fierté.

— C'est son amant, Loupiac. Le directeur adjoint

de la Presse au ministère. Il m'a fait envoyer en mission pour être tranquille. Vous voyez, je vous dis tout.

Je l'ai remercié. On était vraiment pareils, tous les deux, et dans la même situation – sauf que lui croyait encore qu'on se rendait dans un endroit précis.

— Ça me révolte, a-t-il conclu, et c'était la voix de la résignation. Bon.

Il a ressorti le dossier où mon nom était marqué à l'envers, Kemal Aziz, comme à l'école.

L'odeur de l'encre et des protège-cahiers a remplacé dans mes regrets le corps de Lila. Avec un effort d'enthousiasme, comme on espère oublier ses ennuis en allumant le foot à la télé, il a lancé :

— Revenons à toi, Aziz.

J'avais du mal à reconnaître mon prénom, dans sa bouche. C'était sec, raccourci, brutal. Même chez les Tsiganes, j'avais toujours entendu « Azi-zeu ». Marseille était si loin déjà. Je me demandais en combien de temps je perdrais l'accent. Il a ajouté :

— Pardon de t'infliger mes états d'âme.

J'ai dit qu'il n'y avait pas d'offense, au contraire : moi je préférais qu'on reste sur lui, qu'il me fasse un peu rêver avec sa Clémentine des beaux quartiers, que je voyais de plus en plus blonde et les cheveux courts ; le contraire de Lila. Mais je manquais de décor pour imaginer leur vie.

— Vous êtes d'où, monsieur l'attaché ?

— Tu peux me dire « tu », comme dans ton pays, ça ne me gêne pas.

Je n'ai pas osé lui répondre que moi, ça me gênait qu'il me tutoie. J'avais un si doux souvenir de mes six mois de sixième où, pour la première fois, des gens m'avaient dit « vous » – mais il s'est remis à me vouvoyer de lui-même, au bout d'un moment, et visiblement il était plus à son aise. Il a toutefois précisé qu'au lieu de « monsieur l'attaché », je pouvais l'appeler « monsieur Schneider », ou même « Jean-Pierre », et qu'il habitait boulevard Malesherbes, du moins le domicile conjugal, donc ça ne voulait plus rien dire puisque c'était l'appartement de sa femme.

— Je suis comme vous, Aziz, dans une certaine mesure.

Il a réfléchi quelques minutes, peut-être parce qu'il ne savait pas comment exprimer la certaine mesure, et je me taisais, pour ne pas gêner sa réflexion. Il sentait l'école, cet homme, et ça me faisait du bien. Ça me rappelait le collège Émile-Ollivier où ma vie, quoi qu'on en dise, s'était arrêtée la première fois, le jour où j'avais quitté ma classe. Il me semblait que je revenais de vacances ; des grandes vacances qui avaient duré sept ans.

Au bout d'un moment de silence, l'attaché a repris mon dossier pour étudier mon cas, et je me demandais à quoi bon, puisqu'il m'avait à côté de lui, de mon vivant. Il a soupiré.

— Vous savez, indépendamment de ma situation personnelle et de l'interférence que, bon, je désapprouve vraiment ces méthodes. Sur le fond, je ne dis pas ; toute mission humanitaire est en soi respectable, je ne suis pas de ceux qui ricanent, mais cette précipitation... D'abord j'étais depuis des mois sur le dossier crucial de la francophonie au Viêt-nam, pour la Direction du livre et de l'écrit, je ne dis pas ça contre vous, mais après on s'étonne de l'image désastreuse de notre politique étrangère. Je suis en période de crise morale, il fallait absolument que je reste à Paris et je ne peux pas non plus vous réinsérer en deux jours, quels que soient mes problèmes privés, je suis navré de vous les faire subir, mais vous voyez dans quelles conditions on m'a nommé, indépendamment de l'intervention de Loupiac ; les médias nous font vraiment faire n'importe quoi — je ne dis pas ça pour vous... Mais je n'ai rien eu le temps de préparer. Et puis je ne connais pas le Maroc.

Ah bon d'accord. Ça commençait bien, nous deux.

— Vous avez une photo ? j'ai demandé.

— Une photo ?

— Une photo de Mme Schneider. Moi je vous montrerai Lila. C'est ma fiancée : elle vient de me quitter.

Il a hésité, un sourcil en l'air au-dessus des lunettes, et puis il a sorti de son portefeuille une toute petite photo d'identité cachée derrière ses cartes de crédit. Il me l'a tendue comme on prête sa bouteille d'eau en regrettant, à cause des microbes. J'ai regardé, et j'ai décidé tout de suite de cacher ma déception : elle était moche et l'œil froid, la bouche pincée, le menton lourd, complètement brune. C'était une blonde qu'il lui fallait, et j'ai encore observé la fille d'en face, mais différemment, parce que je n'avais plus besoin d'elle pour imaginer Clémentine, qui était un prénom ridicule, comme orange et banane.

La blonde a croisé mon regard. Je lui ai souri, poliment, et elle a souri aussi, sans intention, juste comme on bâille en voyant bâiller les autres, mais son mari a trouvé que ça suffisait : il lui a pris le bébé des mains, pour bien montrer que c'était à lui, et le sein est retourné dans le soutien-gorge. Alors j'ai sorti Lila de la poche de mon costume de fiançailles froissé dans le sac ; l'attaché a dit qu'elle était très belle aussi, m'a rendu ma photo, et je l'ai déchirée. Comme ça, d'instinct, par solidarité, en le fixant dans les yeux. Il m'a considéré avec une grande incertitude, puis il a essayé un sourire sur ses lèvres qui tremblaient, et il a déchiré Clémentine en deux – mais j'ai bien vu que c'était juste pour me faire plaisir, parce qu'il a gardé les morceaux dans sa poche.

Et il m'a dit, avec une autorité d'entraîneur, comme on était de nouveau entre hommes :

— Parlez-moi d'Irghiz.

J'ai répété son ordre sur le ton de la question, pour me donner le temps de trouver une réponse, et j'aurais vraiment préféré qu'on continue à parler de lui – mais après tout, c'était moi le sujet du voyage. Alors je ne sais pas ce qui m'a pris. Le collège Émile-Ollivier qui me trottait dans la tête, avec les portes défoncées, les murs taggés, les bagarres entre classes, les seringues dans le couloir et M. Giraudy au milieu de tout ça, un peu vieux et serein d'être vieux parce que le spectacle était tellement dommage et triste pour lui qui venait d'ailleurs – bref, j'ai repensé si fort à mon atlas perdu, mon cadeau de départ, que je me suis mis à raconter, malgré moi. Les mots tombaient lentement, à contrecœur d'abord, et puis petit à petit je prenais de l'assurance. C'était la légende des hommes gris, au chapitre 12, qui vivaient dans une vallée complètement secrète, sans routes et sans progrès, un paradis de verdure avec des fleurs préhistoriques continuant de pousser à l'abri des montagnes pelées que voyait le touriste qui ne se doutait pas, car les hommes gris se transmettaient leur vallée de génération en génération en jurant le secret ; d'ailleurs personne n'en sortait jamais, à part les gardiens chargés d'égarer les explorateurs pour éviter qu'ils nous découvrent – j'avais détourné l'histoire de *Firdaws al m'fkoud,* le Paradis perdu, qui se passait pendant la fuite du prophète Mahomet à Médine ; ma vallée secrète s'appelait Irghiz et j'étais le premier des hommes gris qui en était sorti pour aller à Marseille.

L'attaché m'écoutait avec les yeux comme des soucoupes.

— Pourquoi ? il a demandé d'une voix creuse, et je sentais bien que s'il avait été un homme gris, il n'aurait jamais quitté la vallée.

J'ai attrapé l'image qui passait :

— Parce que la vallée s'écroule à cause des travaux de la nouvelle route dans la montagne, voilà, alors j'étais parti chercher du secours.

Il n'a pas entendu l'hôtesse qui lui proposait un jus d'orange. Elle est repartie en haussant les épaules. Moi je l'aurais bien pris, le jus d'orange, j'avais la bouche complètement sèche, mais c'était peut-être réservé aux Français, en tant que vol Air France. J'ai dit, vexé :

— Tout le monde s'en fout, d'Irghiz. Évidemment : personne connaît. C'est pour ça que c'est resté le plus bel endroit du monde, mais il faut le sauver.

— Enfin, pourquoi vous ne l'avez pas dit au type de *Match ?* s'est écrié Jean-Pierre.

J'ai répondu que c'était un secret, et que j'en avais déjà trop dit – la légende, dans mon atlas, s'arrêtait là. Je me demandais pourquoi j'avais choisi celle-ci plutôt qu'une autre. Ce n'était vraiment pas la plus pratique. Mais c'est vrai qu'elle faisait bien rêver : il suffisait de voir la tête de l'attaché.

— Mais alors... c'est là-bas qu'il faut que je vous reconduise ?

Il y avait de la panique dans sa voix, et en même temps une excitation d'enfant qui m'a fait plaisir, parce qu'une des choses que je m'étais promises, sous le rocher de l'UCPA, c'est d'avoir des petits avec Lila quand elle serait veuve, pour que je leur raconte mes légendes et qu'ils y croient, au lieu d'aller piquer les sacs à dix ans sur le trottoir – l'éducation qu'on avait reçue. La réalité, comme de toute façon c'est elle qui gagne, il vaut mieux qu'elle arrive le plus tard possible.

— Attendez, attendez, disait l'attaché en desserrant sa cravate, je ne comprends plus rien, là. Pourquoi être allé à Marseille ? Vous sortez de votre vallée coupée du monde et vous allez à Marseille.

J'ai bien senti que ça ne tenait pas debout. Alors j'ai dit qu'un ancien de la tribu connaissait un professeur de la faculté de Marseille, M. Giraudy, qui avait la solution pour empêcher que ça s'éboule, et ma mission était de convaincre M. Giraudy de venir nous aider avec son équipe.

— Mais comment cet ancien connaissait-il ce professeur, s'il n'était jamais sorti de sa vallée ?

Il commençait à m'énerver. Une légende, ça ne se discute pas ; ça s'écoute. Mais c'est vrai que c'était la réalité, pour lui. J'étais un peu étonné qu'il m'ait cru aussi facilement. Peut-être qu'il se mettait à ma place, et qu'avec son intelligence il ne pouvait pas soupçonner que je raconte un mensonge gratuit, alors qu'il était à mon service pour me réinsérer dans un secteur de pointe. Mon intérêt était de m'ouvrir des portes avec son prestige de ministère ; je n'avais donc aucune raison de l'entraîner dans un rêve où je n'avais rien à lui vendre.

— Par hélicoptère, j'ai dit.

— Par hélicoptère ?

— Oui, M. Giraudy était venu par hélicoptère explorer la montagne, et il s'est écrasé chez nous. Alors on l'a soigné avec nos plantes magiques, et il nous a dit : « Je suis professeur à la faculté de Marseille, spécialisé dans les mystères de la terre ; si vous avez besoin de quelque chose, un jour, venez me voir, puisque je vous dois la vie », mais il a juré le secret quand il est reparti.

J'étais content d'avoir donné des rallonges à M. Giraudy, mon vieux prof de géo, d'avoir fait de lui un Indiana Jones ; il l'avait bien mérité.

— Seulement maintenant, s'emballait l'attaché, il faut au contraire que le monde entier sache que les hommes gris existent, pour créer une chaîne de solidarité et sauver la vallée ! C'est ça ? Mais vous êtes incroyable ! Quand je pense qu'on avait sous la main le type de *Match*, on aurait pu l'emmener, faire un reportage extraordinaire, moi je vous réinsérais comme militant écologiste, sauveur d'Irghiz, la France aidait le Maroc à protéger un trésor archéologique – mais ce n'est pas grave, ça se rattrape, on aura le prochain numéro et je mettrai une chaîne de télé sur le coup. Il y a le téléphone ?

— Où ça ?

— A Irghiz.

Et ça m'a fait tellement rire, de voir qu'il était déjà chez lui dans ma légende, ça m'a fait tellement rire que voilà, c'était devenu mon copain. C'était devenu Schneider, comme avant je disais « Pignol », parce que les amis évoluent avec la vie, c'est normal : jusqu'à présent je bricolais dans les autoradios et je protégeais un flic ; aujourd'hui j'étais en route dans les nuages vers un pays inconnu où j'avais planté ma légende en guise de racines, et je protégeais un intellectuel qui avait besoin de rêve pour oublier sa femme.

Quand je me suis arrêté de rire, j'ai vu qu'il était peiné. C'était un garçon qui avait du cœur, malgré la vie de bureau et la crise morale, et il se sentait honteux avec son téléphone, parce que je lui parlais d'un paradis où devaient exister les vraies relations humaines, et peut-être que là-bas, dans une grotte au bord d'une source, coupé du monde, il n'aurait pas perdu sa Clémentine. Et je devinais bien son cas de conscience : fallait-il sauver Irghiz en en faisant un Club Med, ou laisser la montagne engloutir la beauté sans l'avoir abîmée ?

J'étais tombé sur un film comme ça, un jour, par erreur. On venait voir *Terminator* avec Lila, dans un cinéma à complexe, et on s'était trompés de salle, avec tous ces couloirs : on s'était retrouvés dans une espèce de cave en longueur où ils projetaient un documentaire sur Rome. C'était tellement bizarre qu'on était restés un moment. Il y avait une scène où des gars du métro découvraient en creusant leur tunnel une caverne remplie de peintures préhistoriques. Ils étaient là immobiles à les regarder avec un air émerveillé, et pendant ce temps les peintures s'effaçaient à cause d'eux, sous l'effet de l'oxygène qu'ils avaient laissé entrer. Jean-Pierre, lui aussi, se sentait coupable : avant même de la connaître, il se reprochait le mal qu'il allait faire à ma vallée.

J'ai tourné le bouton du courant d'air au-dessus de ma tête. C'était fou, le pouvoir d'une légende, quand on se donnait la peine d'y croire. Finalement, mon attaché était plus compétent qu'il le pensait. En moins d'une heure, il m'avait déjà réinséré : j'étais conteur arabe.

Jean-Pierre a remonté son nœud de cravate pour lutter contre la soufflerie que j'avais déclenchée, puis, tandis que je l'éteignais, il a froncé les sourcils en se tournant un peu plus vers moi sur son siège :

— Mais, Aziz... Vous me disiez travailler dans les autoradios...

— Je travaillais pas : je les piquais.

C'était sorti de moi sans demander mon avis, ce coup de franchise. Je regrettais la maladresse quand je me suis aperçu qu'une sincérité de ce genre, contraire à mon intérêt, donnait encore plus de vérité à Irghiz. Je devenais drôlement fort, comme conteur. Schneider, après un moment de surprise, a chassé ma phrase comme une mouche :

— Ça ne me regarde pas. Je ne veux rien savoir de votre passé de clandestin, de votre séjour à Marseille ; tout ça n'existe pas pour moi, je ne suis pas de la police. Ce qui m'intéresse, c'est Irghiz. Vos racines et votre avenir.

Mon regard est revenu vers la blonde qui avait ressorti son sein, et voir l'enfant téter m'a flanqué le cafard : elle assurait son avenir, elle, dans un sens, tandis que moi je nourrissais une légende qui allait faire une fausse couche dès qu'on serait au Maroc et que Jean-Pierre me demanderait le chemin. Je n'allais quand même pas le balader un mois à la recherche d'une vallée bidon, pour que tout le monde se moque de lui dans mon pays et que ses chefs le punissent à cause des frais engagés. Il valait mieux atterrir en douceur. On aurait passé un moment agréable.

— Il faut que je vous dise, monsieur...

— Appelez-moi Jean-Pierre.

— Il faut que je vous dise, Jean-Pierre... M.Giraudy, en réalité, il était professeur de géographie au collège Émile-Ollivier, c'est tout.

— Ah merde, a dit Jean-Pierre, qui avait l'air sincèrement navré. Alors vous l'avez déniché à Marseille, et quand vous avez compris qu'il vous avait mené en bateau, qu'il n'était pas le grand archéologue qu'il avait dit, vous avez sombré dans la... – vous vous êtes retrouvé sans rien, quoi. Vous n'avez pas osé rentrer bredouille à Irghiz.

Mon histoire lui avait vraiment donné faim. C'était dur de lui enlever le pain de la bouche, un peu cruel surtout, et puis je m'y étais attaché, moi aussi, à ma vallée perdue. Mais je n'avais pas le choix. J'ai dit doucement :

— Ça n'existe pas, Irghiz, monsieur Schneider.

— Oui, bien sûr. Je sais : le secret, le serment... Je respecte vos traditions, évidemment, mais il faut bien qu'on fasse quelque chose. Je suis là pour vous aider, moi.

Ça commençait à tourner vinaigre. D'un autre côté, dès qu'on serait à terre, il oublierait ma vallée pour appeler sa femme au téléphone, et je disparaîtrais dans la nature sans abîmer son rêve ; c'était ce qu'on avait de mieux à faire, tous les deux. Ma vie était tracée, comme on dit, je piquerais des autoradios dans un autre pays, voilà, et lui rentrerait dans son ministère pour se réconcilier avec sa femme. Je sentais bien que j'avais ouvert une brèche dans son univers, avec ma légende, et je n'avais pas envie d'être l'ouvrier du métro qui détruit les vestiges à cause d'un peu d'air frais.

— Irghiz n'existe pas, j'ai répété.

— Et quel était votre métier, là-bas, à l'origine ?

C'était vraiment un têtu, ce type. Je lui ai sorti en vrac, pour en finir, que j'étais un enfant marseillais percuté dans une Ami 6, d'où mon prénom, et que la vallée des hommes gris n'était qu'une légende de l'atlas que m'avait offert M. Giraudy, le jour où j'avais quitté l'école pour devenir une alouette. Il souriait avec un air fin, parce qu'il savait bien que c'était tout à l'heure que je disais la vérité, pour Irghiz. Il a redemandé :

— Quel était votre métier ?

J'ai poussé un soupir. Il a pris mon silence pour je ne sais pas quoi, mais ça l'a encouragé. Il s'est mis à faire des propositions :

— Artisan... agriculteur... berger ?

J'ai compris que ce n'était pas la peine d'insister, puisque mes protestations ne faisaient que renforcer sa certitude. Dès l'instant où il avait décidé de croire à mon histoire, tous mes efforts pour revenir en arrière augmentaient l'attrait du secret défendu que j'avais trahi sans le vouloir.

— Personne travaille à Irghiz, j'ai dit d'un ton cassant. On cueille les fruits, on mange les bêtes, on boit la source.

— Oui... comprenez-moi... Pardon de me raccrocher à des détails concrets ridicules, mais, pour remplir ma mission, en théorie, je dois rapporter à Paris un document prouvant que vous avez trouvé un emploi sur vos lieux d'origine. Alors si vous ne voulez pas qu'Irghiz existe et qu'on la sauve, moi je veux bien, mais qu'est-ce que je raconte à mes supérieurs ? C'est l'impasse.

Je n'ai plus rien dit, parce qu'en effet c'était l'impasse, et ça semblait lui causer un plaisir inouï. J'étais allé trop loin, mais en même temps j'étais heureux de le voir content, ressuscité, plein de projets. On verrait bien.

L'hôtesse nous a donné des plateaux en plastique, avec de la nourriture en mousse dans des barquettes. Jean-Pierre a enlevé le couvercle de la plus jaune des mousses, et a versé dessus le contenu d'un petit sachet qu'il avait sorti de sa mallette. Ça ressemblait à de la sciure.

— Ce sont des germes, a-t-il expliqué en voyant mon regard.

Je me suis repoussé vers le hublot, tandis qu'il déchirait la pochette contenant ses couverts. Il s'entraînait peut-être à la guerre chimique, en se contaminant un peu chaque jour pour se vacciner.

— Je lutte contre un excès de radicaux libres. Et il me faut du sélénium, pour ma dépression.Vous en voulez ?

C'était demandé si gentiment que j'ai dit oui, sans engagement de ma part. On a vraiment besoin de connaître les gens, dans la vie, avant de les juger. J'étais parti avec un agité de bureau, et je me retrouvais avec un apprenti sauveteur, un aventurier du futur qui mangeait des germes.

— Vous allez voir, c'est excellent, et complètement

biologique. Le sélénium existe à l'état naturel dans chaque germe.

Il a ouvert ma barquette jaune, et l'a saupoudrée. Puis il a attaqué la sienne avec l'énergie des malades optimistes. Ça m'a rappelé les momies chinoises de mon atlas, qui s'embaumaient de leur vivant en croquant des glands.

— Et c'est de quelle maladie, comme germes ? j'ai demandé, la fourchette immobile, en le regardant dévorer du coin de l'œil.

— Pardon ?

— Ce n'est pas dangereux ?

— Dangereux ? Non, pourquoi ? C'est du blé.

J'ai mangé, un peu déçu. Il a décapsulé ma bouteille de vin et a rempli mon verre, avant de le boire soudain, en me présentant ses excuses. Puis il m'a servi de l'eau minérale dans son gobelet, me l'a tendu. J'ai remercié. J'attendrais qu'il aille faire pipi pour redemander du vin. Il ne faut jamais choquer les gens, avec la religion.

A la fin de sa barquette jaune, il a entamé la marron et s'est mis à résumer la situation qu'il avait analysée en mâchant :

— Le problème est simple. Il faut d'une part faire exister Irghiz aux yeux du public, pour que la France et l'Unesco débloquent un budget de sauvetage archéologique, et d'autre part empêcher que le site ne soit saccagé par les touristes. C'est apparemment antinomique, mais il y a peut-être un moyen.

Alors il a baissé le ton, pendant que ses doigts se refermaient sur mon bras.

— Je ne vais pas bien du tout, Aziz. Depuis longtemps, et ce n'est pas la faute de Clémentine. C'est beaucoup plus grave. C'est à cause de ça que j'ai épousé une femme comme elle, en sachant qu'elle me quitterait. J'ai abandonné mon sol, moi aussi. J'ai renié mon milieu, mes origines. Et depuis tout va mal.

J'ai hoché la tête. Quelle que soit son histoire, j'étais plein de pitié pour lui ; ça me détournait de mes problèmes. Il m'a expliqué, avec des trous dans la voix, qu'il était né à Uckange en Lorraine, à côté de la fonderie. Son père et son frère étaient fondeurs, et lui avait décidé à dix-sept ans de couper ses racines, mais c'était pour en faire quelque chose : il avait écrit en cachette un roman sur la vie de son père, et il était monté à Paris pour le publier. La Lorraine, là-bas, n'avait intéressé personne, et il avait dû faire des études pour devenir un numéro dans un bureau. Il gagnait bien sa vie, il envoyait des chèques à sa famille, mais il ne s'était jamais senti le courage d'aller revoir la Lorraine, parce qu'il n'avait pas réussi à la faire vivre en tant que roman à Paris, et maintenant son père était vieux, la fonderie fermait, la meilleure région sidérurgique de France allait devenir un parc de Schtroumpfs, Clémentine le quittait puisqu'elle l'avait épousé en tant que futur écrivain, et il avait tout raté.

Alors Irghiz, pour lui, c'était peut-être sa dernière chance. C'était un sujet de roman fabuleux, car la Lorraine ne faisait rêver personne, mais finalement, la vallée des hommes gris, c'était ma Lorraine à moi. Il se mettrait à ma place, il dirait « je » en parlant de moi, pourrait exprimer dans mon itinéraire tout ce qu'il avait sur le cœur, en transposant, et le livre serait le meilleur moyen de faire connaître la vallée d'Irghiz sans la dénaturer. Il disait qu'il croyait en Dieu, que ce n'était pas un hasard si la providence m'avait mis sur sa route, c'était formidable, le roman commençait ici dans l'Airbus, et bien sûr il me donnerait cinquante pour cent des droits d'auteur, comme il s'inspirait de mon histoire, est-ce que j'étais d'accord ?

Je n'ai rien dit. L'avion avait sorti ses roues pour atterrir et, dans un sens, il aurait mieux valu qu'il s'écrase. Pour la première fois de ma vie, j'étais responsable de quelqu'un. Le petit blond avec ses lunettes et son costume croisé, si je le semais dès l'arrivée, comme j'en avais eu l'intention, dans un pays qui ne tenait que par ma légende, il était foutu. Peut-être même, dans l'état où il se trouvait, avec l'aveu de mon mensonge et l'échec de sa mission, malgré ses germes de blé pour la dépression, il se tuerait.

En serrant mon poignet, rayonnant, il s'est exclamé :

— Ça va être fantastique.

J'ai répondu oui.

On s'est retrouvés dans la foule de Rabat, qui ressemblait à celle de Marseille, à part la couleur des uniformes. J'ai eu des problèmes avec mon passeport car évidemment, ici, il avait l'air plus faux qu'en France. J'espérais un peu qu'on allait nous refouler ; l'honneur serait sauf et le roman, on pourrait l'écrire à Paris, mais Jean-Pierre a sorti de mon dossier toute une série de papiers tamponnés prouvant que sa mission officielle était de me ramener au pays, et donc que j'étais bien moi, puisqu'il était bien lui. Un fax à l'en-tête du Royaume du Maroc confirmait tout cela, et priait les autorités de faciliter la vie au porteur de la présente. Après avoir rectifié sa position, le policier m'a lancé une phrase en arabe, et j'ai souri avec un air vague, alors il m'a regardé, vexé. J'avais dû me tromper sur le ton de la phrase.

L'attaché m'a entraîné vers les cabines téléphoniques. Toute cette salle pleine de Marocains me donnait l'impression de porter un déguisement mal fichu que chacun perçait à jour : je n'étais pas un *vrai*, je ne parlais pas la langue. Mais ce n'était pas ma faute si j'étais marseillais.

— Il faut un titre, a dit Jean-Pierre.

— Pardon ?

— Pour notre livre. Comment va-t-il s'appeler ?

J'ai dit :

— *L'Attaché humanitaire.*

C'était par modestie, et aussi parce que je ne voyais pas bien comment, moi, on aurait pu m'appeler en tant que titre. Il a dit non, les yeux brillants, et il a lancé avec solennité, un doigt en l'air :

— *Le Bagage accompagné.*

Et il s'est même arrêté sur le chemin du téléphone, pour goûter le titre sur ses lèvres, et hocher la tête trois fois.

— C'est moi, m'a-t-il expliqué. Enfin : vous, dans le roman. Le bagage accompagné. Toute l'ironie de la situation, le dérisoire, le ridicule...

J'ai hoché la tête aussi, mais je ne savais pas comment je devais le prendre. Il a essayé d'appeler Clémentine pour lui annoncer la bonne nouvelle ; c'était toujours occupé. Alors il a regardé l'heure, le tableau d'affichage des vols, et il m'a demandé si, pour aller à Irghiz, c'était plus court par Marrakech ou Agadir. J'ai dit « Agadir », pour gagner du temps, parce que c'était le dernier vol.

On a passé quatre heures au restaurant de l'aéroport. Jean-Pierre, entre deux essais de téléphone, prenait des notes comme un fou, au dos des papiers officiels qu'il enlevait de mon dossier, pour se fabriquer une vie à partir de la mienne. Dès que j'ouvrais la bouche, il en faisait trois pages, parce que ça lui suggérait des choses personnelles, et ça me mettait mal à l'aise. Il « transposait », comme il disait. Il m'avait invité à déjeuner, et j'avais mangé une brioche, lui un couscous aux merguez blanchies de graisse froide, qu'il avait badigeonnées d'harissa pour « se mettre dans ma peau », il disait, et « planter le décor ».

Je ne savais plus comment me tirer de cette situation. Ma première idée, lui fausser compagnie, ne tenait plus la route depuis qu'il avait décidé de faire un livre avec ma légende. Elle était trop importante, trop personnelle pour que je la lui laisse en tournant le dos. Quelque chose de moi se mettait à vivre sous sa pointe feutre. Et puis son visage s'était transformé. Emballé par les mots qui lui venaient, il s'arrêtait parfois pour me dire merci, le regard brûlant, et il reprenait son travail avec des murmures et des soupirs de souffrance. J'avais l'impression d'être le père, et d'assister à l'accouchement.

Finalement on a annoncé notre avion, et Jean-Pierre est retourné essayer une dernière fois le numéro de Clémentine. Il l'a eu. Il est revenu très grave, très triste et complètement éteint. Trente secondes de discussion avec cette femme cassaient quatre heures d'enthousiasme avec moi. D'un autre côté, j'avais la paix.

On est remontés dans un avion, plus petit, plus sale, avec des fauteuils à fleurs et une hôtesse moins vieille. Il n'y avait pas de tablettes. Mon attaché, les jambes croisées, appuyé sur son genou, a recommencé à écrire des mots barrés à sa femme. Comme je ne me sentais plus rien pour lui, même pas un bagage accompagné, j'ai fermé les yeux pour rêver à la blonde de l'autre avion qui me manquait un peu, avec son sein gauche. Peut-être que je demanderais à Jean-Pierre de me faire une histoire d'amour avec elle, dans le roman. On dira que son mari a divorcé en emportant le bébé, alors comme elle est triste elle nous rejoint sur la route d'Irghiz, parce que sinon ça manque de femmes et les gens n'achèteront pas. Et puis forcément, une fille entre deux amis, ça devient un problème vu qu'elle nous aime tous les deux, mais au contraire voilà que ça renforce notre amitié, et dans le dernier chapitre, tandis que je m'endors contre le hublot, c'est Jean-Pierre qui a pris la place du bébé contre le sein de la blonde, au bord d'une source entourée de platanes et de pins parasols, dans une caverne éclairée comme en plein jour par des rochers brillants, recouverts de dessins gravés depuis des millions d'années par les hommes gris d'Irghiz.

L'hôtel est un grand machin moderne qui ressemble au Sofitel de Marseille. C'est plein de Français qui râlent dans tous les sens parce qu'il fait chaud, qu'on attend et que c'était mieux dans le prospectus. L'attaché humanitaire nous inscrit, demande qu'on lui branche le téléphone, me donne la clé de ma chambre et se précipite dans la sienne.

Mon regard reste accroché à la porte de l'ascenseur qui s'est refermée sur lui. Je me sens bizarre, abandonné, flottant, comme un personnage dans une phrase que l'auteur ne finit pas. Le Marocain des bagages me propose en français de porter mon sac en plastique, et ça me gêne encore plus que tout à l'heure, quand le policier de Rabat me parlait en arabe. Je réponds non d'un signe de la tête, et je monte m'enfermer dans ma chambre.

La pièce a six mètres sur sept ; j'ai mesuré avec mes jambes. C'est la première fois que j'ai une chambre d'hôtel à moi, et ça fait quelque chose au début. J'ai joué avec la télé, les robinets, les petits savons, l'espèce de machine à laver les chiens, qui sert finalement à cirer les chaussures, et puis je me suis embêté.

Je suis resté un moment sur la terrasse, à regarder la mer, le sable, la lune, les étoiles, la rambarde, les carreaux par terre. Ça sentait je ne sais pas quoi, plutôt bon. L'air était léger, presque trop, ça manquait de voitures, il y avait trop de silence. Je me disais : je suis peut-être dans le pays de mes ancêtres. Je m'en foutais un peu. L'important, c'était la chambre 418, avec ce garçon qui était en train de rêver sur ma légende. C'était drôle parce que, de mon côté, je pensais beaucoup à sa Lorraine, sa famille, sa fonderie – je ne voyais pas bien ce que c'était, physiquement, une fonderie, mais je ne voulais pas que ça devienne un parc d'attractions pour Schtroumpfs. J'avais très envie qu'il me parle un peu plus de cette Lorraine, même si on ne la mettait pas dans le livre. J'avais envie de « transposer », moi aussi, de me refaire une enfance à partir de la sienne, maintenant que mon passé n'existait plus.

J'ai pris une douche, je me suis rhabillé, j'ai renoué ma cravate, et puis je suis allé attendre devant la chambre 418. Je n'ai pas tapé tout de suite, par délicatesse, parce qu'il était en train de dire qu'il n'avait pas choisi cette mission à la con, l'idée était de Loupiac ; ce n'était pas pour fuir la réalité de leur séparation qu'il était parti avec ce Maghrébin, mon amour, et qu'elle devait comprendre qu'il l'aimait et que la vie sans elle était déserte et qu'on a vu, souvent, rejaillir le feu de l'ancien volcan qu'on croyait trop vieux et que, bordel, saloperie de merde.

Un silence a suivi ses derniers mots. Puis il a repris sa phrase au moment de l'ancien volcan, et j'ai compris qu'il parlait à un répondeur qui avait dû lui couper la parole. Comme une fille passait avec un chariot, je me suis baissé pour resserrer mes lacets. Il a répété qu'il n'avait pas choisi cette mission débile et, accroupi devant sa porte, je me sentais coupable qu'on l'ait attaché à moi, au lieu de le laisser sauver son couple, puisqu'il y tenait tellement. Au moment où je me suis relevé, il a quand même ajouté que tout allait changer car il avait commencé la rédaction d'un livre. Il croyait de nouveau en lui, l'ancien volcan allait recracher son feu, il la séduirait comme la première fois, rappelle-toi Clémentine, quand je te lisais mon manuscrit au restau U.

J'ai attendu la coupure suivante, trente secondes plus tard, et j'ai tapé. Il a dit d'entrer ; j'ai passé la tête pour le prévenir que j'allais faire un petit tour, et qu'il ne s'inquiète pas. C'était la moindre des choses : si je me sauvais, c'est lui qui était responsable. Enfin, il me semblait.

Il a tourné vers moi un visage hagard. Il était en pyjama rayé, les cheveux en broussaille, l'air d'un bijoutier braqué.

— Je vais faire un petit tour.

Il a répondu :

— Oui... bon.

Et puis il a foncé vers la carte routière dépliée sur le minibar.

— Quelle direction prenons-nous, demain ?

Ça m'a rassuré de voir qu'il tenait toujours à ma vallée, malgré l'ancien volcan, et j'ai posé le doigt sur un coin du Haut Atlas où il n'y avait rien d'écrit. Ce qui m'étonnait, c'est que j'avais besoin de faire un effort pour me rappeler qu'Irghiz était une invention.

— Et comment y va-t-on ?

Devant mon silence, il a modifié sa question en demandant quel moyen de transport j'avais utilisé, à l'aller. J'ai répondu que j'étais parti à dos de mulet, et que j'avais mis trois semaines, ce qui me paraissait à la fois réaliste et invérifiable. Il m'a regardé avec tristesse, imaginant tout le mal que je m'étais donné pour rien, et puis son sourire est revenu lentement, parce que le malheur des autres fait toujours du bien quand on souffre. Il m'a tapé dans le dos pour me remonter le moral, en claironnant d'une voix dynamique :

— Départ huit heures ! Je m'occupe de louer chez Hertz. Jeep, 4x4 ou Range-Rover ? Hein ? Qu'est-ce qu'on s'offre, comme voiture ?

Je lui ai dit d'en prendre une avec des tablettes, pour écrire, et il a posé la main sur mon épaule, en remerciant des yeux. Je suis ressorti pendant qu'il retournait à son téléphone. Avant de décrocher, il m'a dit de ne pas aller trop loin, et de faire attention. C'était peut-être banal pour un homme qui a des parents, mais moi c'était la première fois que j'entendais cette phrase-là.

Je suis sorti prendre l'air autour de la piscine. Ça m'a plu au début parce que tout était bien rangé pour la nuit, les chaises empilées et les matelas en tas, et puis j'ai vu qu'il y avait des amoureux qui s'embrassaient sous les arbres, alors je suis allé m'asseoir dans le hall. J'ai regardé les prospectus jetés en vrac sur une table, pour apprendre le Maroc, mais je ne retenais rien. Coutumes locales, maisons typiques et terre de contrastes, ce n'était pas pour moi. Je me cherchais des racines, on me parlait d'excursions. Je ne reconnaissais Irghiz dans aucune des promenades offertes aux touristes, et cette vallée secrète que je m'étais fabriquée comme lieu de naissance devenait un poids sur le cœur d'autant plus gros que je ne savais où l'installer, dans la neige ou dans le sable, dans la chaleur des pierres ou la fraîcheur des oasis ; elle reculait comme un mirage. J'ai refermé les catalogues et je suis sorti.

Devant l'hôtel, des bagagistes parlaient entre eux avec animation. Ils ont baissé la voix en me regardant passer avec un air méfiant, parce que j'étais de l'autre monde, côté touristes, dans mon costume qui sentait encore la France.

Une route toute droite, avec un terre-plein miteux décoré de caillasses et d'herbes jaunes, partait de l'hôtel en direction de la ville. J'ai marché longtemps, les mains dans le dos. Des cars me doublaient pour aller faire des repas typiques dans la médina. Je savais que la médina signifiait le centre-ville, que le marché s'appelait un souk, et que la religion interdisait la bière et le jambon. De toute façon je n'avais pas faim. C'était juste pour marcher.

Les rues ont commencé à devenir gaies, avec les fenêtres ouvertes à chaque maison, des musiques à l'intérieur, des ampoules de couleur dans les arbres et des collègues qui vendaient sur le trottoir des radios, des tapis, des blousons, des bijoux, des souvenirs. Les clients des cars marchandaient en mâchant des pâtisseries grasses. Comme je n'avais rien à vendre, je n'existais pour personne.

J'éprouvais un sentiment de détresse, d'isolement total au milieu de tous ces gens auxquels je ressemblais, et qui parlaient une autre langue que moi sans l'accent de Marseille. Pour la première fois de ma vie, je me sentais un immigré. Et je pensais, pour me tenir compagnie, à la solitude de l'Arabe qui débarque en France, surtout quand il est clandestin. J'avais drôlement de la chance, moi, d'avoir un attaché, un garde du corps muni d'un laissez-passer du Roi pour qu'on me fiche la paix ; un type gentil qui me faisait une place dans tous ses problèmes, qui s'occupait de réserver la chambre, de louer la voiture et qui ne me demandait rien, à part un bout de mon rêve pour être moins seul.

En même temps je me sentais comme un amnésique dans un feuilleton : je marchais au milieu de mes origines et ça ne me rappelait rien, et pourtant ça remuait quelque chose. Et les gens me bousculaient sans me voir, parce que pour eux je faisais partie du paysage. Ce serait un joli passage à écrire dans le roman. Finalement, Jean-Pierre m'envoyait au marché pour lui rapporter des impressions, des descriptions qui sonneraient vrai, des odeurs locales, et puis mes états d'âme.

J'enfonçai dans ma mémoire le prix de deux trois souvenirs, le parfum des beignets, la couleur des maisons, la hauteur des arbres et la marque des voitures. Et je repartis, concentré sur ces informations, vers la route toute droite que j'avais déjà décrite à l'aller.

Devant l'hôtel, il y avait deux magasins de souvenirs qui vendaient la même chose qu'en ville, en plus chic. Un car venait d'arriver, avec les vitres sales, les gens crevés, les valises qu'on débarque et les problèmes qui commencent. Ça devait être le genre tour-express, le Maghreb en six jours, parce qu'ils voulaient tous acheter leurs souvenirs avant de se coucher, en disant que demain à l'aube ça serait fermé. La guide leur promettait que non, mais ils n'écoutaient pas. Et en plus ils voulaient tous aller dans la boutique de droite, qui vendait du Vuitton pas cher en promotion, et la guide avait beau leur répéter qu'en tant que Morocco Tours, ils auraient les mêmes prix dans celle de gauche, ils s'engouffraient tous dans celle de droite, pour faire des affaires en cachette de Morocco Tours qui se tapait sûrement des marges sur leurs dos.

Un autre car était arrivé, un Oasis Travel qui avait pris des accords avec la boutique de droite, et les gens d'Oasis râlaient parce que les Morocco Tours allaient leur piquer les sacs qu'ils voulaient, alors le guide Oasis parlementait avec la guide Morocco, qui essayait de faire sortir les siens de la boutique de droite en leur jurant que, dans l'autre, c'était les *mêmes* sacs au *même* prix, mais les Morocco ne voulaient rien savoir, ils disaient qu'ils étaient libres et qu'ils avaient six cents kilomètres dans le cul : ils n'avaient d'ordres à recevoir de personne et les Oasis attendraient leur tour.

Comme la guide s'énervait, ils ont formé deux groupes de résistance, un qui gueulait « Houuuuh ! » et l'autre qui chantait sur un air de manif « Ren-voyez-la-guide ! Ren-voyez-la-guide ! ». Alors, au bord de la crise de nerfs, elle s'est mise à crier :

— Allez vous faire foutre !

Et tout de suite, c'est drôle, je me suis dit que ce serait une femme pour Jean-Pierre. Elle avait dans les vingt ans, un jean avec des fesses rapiécées, jolies, plutôt rondes, un tee-shirt Morocco Tours avec le soutien-gorge de la même couleur, des seins qui avaient l'air bien, les cheveux coupés n'importe comment, sales de sueur et de poussière, dans le genre vrai blond mais sous le néon des boutiques on ne pouvait pas être sûr, et des lunettes de soleil plantées dans les mèches.

— Bande de tarés, achetez-les, vos conneries, et retournez frimer dans vot' pays ! J'en ai marre de vos gueules, vous voyez rien des beautés qu'on vous montre, vous êtes des bûches, des moutons, des légumes ! Démerdez-vous avec le car, moi je me casse !

Et elle a foncé dans l'hôtel sous les acclamations des Oasis Travel, ravis qu'on humilie les Morocco Tours dont ils photographiaient les têtes ahuries, souvenir d'Agadir, et des femmes Morocco hurlaient en exigeant un responsable, tandis qu'un sourd continuait à chanter « Ren-voyez-la-guide ! » et que les autres profitaient de l'incident pour rafler les sacs Vuitton par paquets de quinze.

Dans l'hôtel, j'ai retrouvé la guide en train de commander un whisky. Le bar était un décor blanc découpé dans le style minaret, avec des éventails géants et des tabourets d'osier. Perchée d'une fesse, les coudes sur le comptoir, elle a bu son verre d'un trait. Je suis venu m'asseoir près d'elle, j'ai dit au barman de lui donner la même chose, et un Coca pour moi. Elle n'a rien dit, elle ne s'est pas retournée. Elle avait gardé les mains sur ses oreilles, pour faire le vide. Son nez était long, un peu pincé, son front buté, ses lèvres minces. Pas commode, sûrement, mais compétente. Elle a découvert ma présence quand le verre plein est arrivé devant elle, et que j'ai dit au barman que c'était pour moi. Elle a poussé le whisky dans ma direction. J'ai dit que non, il y avait malentendu ; c'était pour elle, mais c'est moi qui payais : voilà ce que j'avais voulu dire. Et puis j'ai fouillé mes poches en me rappelant que je n'avais pas d'argent sur moi. Elle m'a regardé faire, m'a conseillé de renoncer à apprendre le français.

— *Baraka Allah oufik !* m'a-t-elle lancé en levant son verre. J'arrête avec ces bûches, d'accord, et après, qu'est-ce que je fais ?

Elle le demandait au serpent qui entourait le palmier sur le tatouage décorant son bras. Elle a payé ses deux whiskies et mon Coca et elle est partie.

Je l'ai rattrapée dans le hall pour savoir si elle était libre. Là encore je me suis mal fait comprendre : elle m'a détaillé de bas en haut en me demandant si je trouvais qu'elle avait l'air d'une pute – non ? alors salut. J'ai précisé, vexé :

— Ce n'est pas ce que j'ai voulu dire.

— Casse-toi.

Moi j'aime bien les filles, mais il ne faut pas qu'elles en profitent, et je ne suis pas un Morocco. C'est ce que je lui ai dit, bien en face, les mains refermées sur ses coudes, après l'avoir fait pivoter vers moi. Et j'ai précisé que j'avais besoin d'un guide avec mon ami ; on n'était pas des bûches, on ne s'intéressait pas aux sacs Vuitton, on était écrivains en déplacement, on se dirigeait vers le Haut Atlas, on avait les moyens de payer une voiture et une guide personnelle, et je l'avais choisie : quel était son tarif ? A moins qu'elle préfère retourner se faire lyncher par la foule. Et c'est vrai que l'animation montait, à l'extérieur ; on venait de transporter dans le hall deux femmes abîmées qui avaient dû se battre entre cars, et le directeur de l'hôtel arrivait aux nouvelles.

— C'est quel numéro, ta chambre ? a questionné la guide.

Comme je ne me rappelais plus, j'ai interrogé le réceptionniste qui a regardé sur son livre et a posé devant moi la clé dont la fille s'est emparée, avant de filer vers l'ascenseur. J'étais un peu sidéré, mais j'ai suivi. La porte s'est refermée sur nous, tandis que des voix en colère exigeaient de savoir où était passée la guide de Morocco Tours.

On était tous les deux immobiles dans la cabine qui montait, à regarder ailleurs. Au quatrième étage, elle a demandé si ça m'ennuyait de l'héberger. J'ai répondu non. Elle a dit qu'alors je pouvais montrer un peu plus d'enthousiasme.

Le téléphone s'est mis à sonner au moment où j'entrais dans ma chambre. C'était le directeur de l'hôtel, qui souhaitait parler à la guide. Je l'ai informé que c'était impossible : elle venait d'être réquisitionnée pour une mission officielle par le gouvernement français ; il verrait les détails demain avec Schneider, mon attaché ministériel, qui détenait le laissez-passer du roi Hussein, et ce n'était pas une heure pour nous déranger. Je me suis surpris à lui raccrocher au nez. C'est impressionnant comme ça vient vite, l'autorité, quand on a un peu de pouvoir.

— Hussein, c'est en Jordanie, monsieur l'écrivain. Ici, le roi, c'est Hassan. Merci quand même.

Sa voix était douce, lente, un peu moqueuse. Quand elle a commencé à enlever son tee-shirt, j'ai dit que ce n'était pas obligatoire, parce que j'avais ma fierté. Je pouvais très bien la planquer pour la nuit sans que ça finisse au lit, et je lui avais déjà signalé que je ne la prenais pas pour une pute. Elle a remis son tee-shirt, et je me suis retrouvé un peu bête. J'ai dit que bon, ce n'était pas exactement ce que j'avais voulu dire. Elle a répliqué d'un ton cassant qu'elle n'en avait rien à foutre de son corps, qu'elle ne sentait jamais rien et que je pouvais me servir, si ça m'amusait de tenter ma chance, vu qu'en général les mecs sont excités par les femmes qui ne jouissent pas, comme s'il y avait quelque chose à gagner. Dignement, j'ai répondu que d'abord j'étais fiancé, même si, enfin bref, c'était mon problème, et qu'ensuite ce n'était pas ma faute si elle était comme ça et qu'elle pouvait me parler sur un autre ton. Elle a dit qu'elle était énervée. J'ai dit moi aussi. Elle a de nouveau enlevé son tee-shirt en disant qu'au moins ça nous calmerait, et cette fois j'étais d'accord.

Lorsque sa culotte bordeaux a glissé en s'enroulant sur ses cuisses, j'ai pensé que si elle n'aimait pas l'amour, c'était vraiment gâcher la marchandise. Elle était nue devant moi sur la moquette, et j'essayais d'ouvrir le minibar pour mettre un peu d'ambiance. En me servant du trousseau de clés comme d'un pied-de-biche, j'ai fini par débloquer la porte et j'ai entrepris la préparation d'un cocktail maison. Couchée en travers du lit, cigarette aux lèvres, elle me regardait mélanger les alcools miniatures. Après m'avoir fait remarquer qu'en général, la clé ouvre le minibar en l'introduisant dans la serrure, elle a demandé avec un genre d'espoir si j'étais impuissant. J'étais simplement tracassé, à cause d'Irghiz et de Jean-Pierre. Et puis je me suis dit qu'après tout, faire l'amour à cette fille serait la manière la plus simple de tout lui expliquer après.

Quand je me suis déshabillé et que je l'ai retournée sur le lit, elle a dit que non mais ho, on se connaissait pas, et j'ai répondu : justement, c'était pour la respecter avant le mariage. Mais c'est vrai qu'elle n'était pas tsigane, alors je suis venu sur son ventre, les yeux dans les yeux, et c'était bon aussi, même si elle me regardait poliment en attendant que j'aie terminé. C'était assez bizarre, comme impression. J'avais beau m'appliquer, m'agiter, passer de la délicatesse à la violence, on aurait dit que je lavais sa voiture et qu'elle patientait derrière le pare-brise.

— *Je peux arrêter, si vous voulez.*

— Ça me dérange pas, elle a dit.

— Moi si, peut-être !

— Si c'est pour continuer à s'engueuler, c'était pas la peine.

— C'est pas moi qui ai commencé, hein !

— Vous écrivez quoi, comme bouquins ?

J'ai voulu marquer la supériorité du mâle par un coup de boutoir. Elle m'a signalé que ce n'était pas une réponse. Alors je lui ai dit que c'étaient des histoires d'homme. Ça l'a mouchée, et j'ai pu continuer à m'occuper de mon plaisir en pensant à Lila, qui mettait tellement de cœur dans l'amour que j'en avais des larmes qui tombaient sur les seins de la blonde.

— Tu pleures ou c'est de la sueur ?

Je n'ai pas répondu. J'ai ravalé ces larmes idiotes qui venaient d'un passé que j'essayais d'oublier de toutes mes forces, mais qui m'avait quand même rendu heureux. Dans un sens, j'étais content de noyer

Lila dans le corps de cette fille qui ne sentait rien. C'était la punition, pour m'avoir trahi. Je me demandais si, toute ma vie, je serais sentimental comme ça. Et puis elle a poussé un cri, parce que sans le faire exprès, à force de la bourrer de coups de reins, je l'avais repoussée en haut du lit et sa tête venait de cogner contre le mur. On a entendu, de l'autre côté, une voix endormie qui a répondu « Entrez ».

Alors on a éclaté de rire, tous les deux en même temps, l'un dans l'autre, et je ne sais pas ce qui s'est passé, peut-être les vibrations intérieures, mais je crois bien qu'on est montés aux anges ensemble. On a roulé sur la couverture en se tenant les côtes, ça faisait drôlement mal, on n'arrivait plus à respirer mais tout à coup on se regardait sans barrière, comme des copains. C'était mieux que l'amour, c'était complètement nouveau ; on était deux étrangers rejetés par les autres, et j'étais fier de l'emmener à Irghiz.

— Salaud, elle a dit en souriant. C'est de la triche.

J'ai murmuré que je m'appelais Aziz, pour ne pas m'attarder dans le genre triomphe modeste. Elle a répondu que c'était presque bon. Dans sa bouche ça devait être un compliment, alors j'ai dit merci, et que je ferais mieux la prochaine fois. Elle a dit qu'il n'y aurait pas de prochaine fois ; c'était un principe chez elle : la seule façon d'avoir des rapports normaux avec les hommes, c'était de coucher tout de suite, comme ça ils avaient ce qu'ils voulaient et on pouvait passer à autre chose – la discussion, par exemple. J'étais choqué, mais je n'ai rien montré. Elle avait dû faire des études. Je lui ai posé la question. En effet, elle était diplômée dans plein de matières dont je ne connaissais même pas le nom. J'ai préféré changer de sujet.

— Pourquoi tu t'es fait tatouer un arbre ?

Elle a précisé que ça ne me regardait pas : c'était de famille. Je n'ai pas insisté. En la suivant dans la salle de bains, je lui ai demandé comment elle s'appelait.

— Valérie.

Ça m'allait. C'était quand même plus normal que Clémentine.

— Valérie comment ?

— D'Armeray.

— Valérie, il faut que je te parle.

Un silence a suivi. Elle attendait, appuyée au lavabo. Comme ça tardait un peu, elle m'a fait sortir de la salle de bains. Je suis allé boire mon cocktail maison, qui était encore pire que les américanos du café Marchelli. Elle a lancé, derrière la porte :

— Ta proposition, tout à l'heure... C'était sérieux ou c'était pour me sauter ?

Je lui ai crié que vraiment elle était obsédée, et qu'il n'y avait pas que l'amour dans la vie. Elle m'a rouvert la porte en disant que j'étais gentil, et on s'est fait couler un bain.

— Tu connais les travaux de Konrad Lorenz sur les oies ?

J'imaginais bien que ça ne concernait pas le foie gras, mais je suis resté vague.

— Je fais ma thèse de socio sur l'agressivité en groupe. Etre guide, ça me paie mes études et ça me fournit la doc. Et puis tu sais, si tu veux rester au Maroc, tu as pas trente-six métiers. Je mets de la mousse ?

— D'accord. Pourquoi tu retournes pas en France ?

— Je suis née ici. Et je veux pas en parler. D'abord j'ai pas le choix. Mais ça va, t'inquiète pas, je suis très cool avec mes oies. Je craque jamais, d'habitude. C'est assez nouveau, pour moi.

J'ai acquiescé. C'était nouveau pour moi aussi, de tremper à deux après l'amour dans la mousse, en copains. C'était bon. Je m'empêchais de la caresser pour ne pas gâcher le moment. Appuyée sur ma poitrine, ses cheveux dans mon nez, tortillant distraitement les poils de mes mollets, elle a écouté mon récit : l'Ami 6, Vallon-Fleuri, l'arrestation au café Marchelli, l'expulsion pour *Match,* la femme de l'attaché humanitaire qui voulait divorcer et la légende dans l'avion. Elle ne disait rien. J'ai vérifié trois fois qu'elle ne dormait pas, mais non, elle suivait, tirant mes poils pour que je continue quand je marquais une pause.

A la fin de mon histoire, je lui ai demandé avec une boule dans la gorge si elle était d'accord pour jouer ma comédie à Jean-Pierre. Elle n'a pas répondu tout de suite. Son orteil dessinait des motifs sur la buée des carreaux de faïence bleue. Elle m'a prié de lui répéter précisément la description d'Irghiz que j'avais improvisée dans mon fauteuil d'Air France.

J'ai fermé les yeux pour retrouver les mots, la vallée, la caverne éclairée par les rochers brillants autour de la source magique, et la nouvelle route de montagne menaçant le secret des hommes gris qui avaient survécu en cachette depuis la préhistoire.

— Je peux te faire ça dans le massif du M'Goun. On va lui mettre un tiers désert, un tiers oasis, un tiers sommet neigeux. Ça te va ?

J'ai dit oui.

— Et arrivé à mi-pente de l'Ayachi, où ça ressemble assez, tu diras que c'est trop tard, que l'avalanche a fait disparaître Irghiz, et je vous ramènerai. Tu crois qu'il va gober l'histoire ?

J'ai répondu qu'il en avait tellement envie, et surtout tellement besoin, à cause de la Lorraine. Jusqu'au lever du soleil, on a réglé des points de mise en scène en rajoutant de l'eau chaude, et puis on est allés dormir une heure ensemble. Je sentais que je tombais bien dans sa vie ; ça lui faisait une revanche de guider quelqu'un vers un lieu merveilleux qui n'existait pas ; ça la changeait des oies, des circuits touristiques, beautés obligatoires, souvenirs en soldes. On était nus l'un contre l'autre sous les draps frais, je n'avais plus du tout envie d'elle ; c'était autre chose de plus doux, de plus confiant, et je me disais que j'étais peut-être en train de tomber amoureux pour la deuxième fois de ma vie.

— Tu sais, Valérie...

— Oui ?

Le nez au creux de son épaule, j'ai arrêté mes pensées dans son odeur.

— Rien.

Elle a répondu, en serrant doucement mon poignet contre elle :

— Te raconte pas d'histoires.

A huit heures moins dix, j'ai retrouvé l'attaché dans le hall. Il avait la mine de celui qui n'a pas dormi, et il s'était habillé en explorateur, avec une saharienne beige, une écharpe blanche de légionnaire, des chaussures montantes et une casquette de base-ball. Il s'était procuré un téléphone sans fil, avec lequel il faisait les cent pas.

Dès qu'il m'a vu, il a couru en tirant par le bras une espèce de boxeur en djellaba, pour me le présenter. C'était Omar, un spécialiste de l'Atlas, qui acceptait de nous conduire dans sa jeep. J'ai entraîné Jean-Pierre à l'écart pour lui dire qu'il ne fallait pas. Comme il ne comprenait pas ma réaction, j'ai chuchoté que c'était un Razaoui, l'ennemi héréditaire des hommes gris d'Irghiz, et l'argument a porté : il est allé dédommager le boxeur, qui est reparti content d'avoir fait une affaire.

Alors j'ai annoncé à Jean-Pierre que j'avais trouvé le chauffeur idéal : une fille de bonne famille, née à Bordeaux, une « de » – enfin presque : une « d » apostrophe – avec qui il s'entendrait bien et qui en plus connaissait le Haut Atlas par cœur, notamment l'existence des hommes gris, mais sans pouvoir localiser l'entrée de la vallée, heureusement. Comme il restait sombre, j'ai ajouté gaiement qu'on n'aurait qu'à lui bander les yeux, à notre guide. Il a demandé où elle était. J'ai répondu qu'elle nous attendait sur la plage. Il a dit que le répondeur était plein. Devant mon air déconcerté, il a rentré l'antenne de son téléphone en précisant qu'il n'obtenait plus que des bips, preuve qu'il avait utilisé toute la longueur de la bande, et maintenant il n'avait même plus la voix de Clémentine pour lui dire de laisser un message après le signal sonore. C'était terrible, pour lui ; ça voulait dire que c'était fini entre eux : c'était le silence.

— Je suis là, moi, j'ai murmuré simplement.

Il m'a regardé avec une attention bizarre, comme s'il cherchait à quoi je correspondais par rapport à son couple, et il a ressorti son antenne en disant :

— Je l'aime.

J'ai pensé que ça ne s'était pas arrangé pendant la nuit, et qu'il était temps d'agir. Je l'ai emmené vers la terrasse. La main toute molle au bout du bras ballant, il traînait son téléphone à antenne comme une laisse qu'on continue de promener après que le chien est mort. J'avais organisé la rencontre sous un parasol, avec un petit déjeuner, pour qu'il la voie en maillot de bain, ce qui me paraissait l'argument le plus efficace de Valérie — j'étais moins sûr du langage bien élevé qu'elle m'avait promis d'employer, en tant que vieille famille bordelaise.

— Mlle Valérie d'Armeray, j'ai présenté. M. Jean-Pierre Schneider, mon attaché humanitaire.

— Comment allez-vous ? a-t-elle fait en lui tendant la main, très bien, un peu loukoum sur son matelas, mais c'était le rôle.

Jean-Pierre m'a regardé, plutôt inquiet, et puis il a changé son téléphone de main pour lui tendre la droite.

— Vous avez un véhicule approprié ? a-t-il demandé.

— Je vous propose le Desert-liner, conçu pour le Paris-Dakar. Huit roues motrices, 350 chevaux, 3 500 kilomètres d'autonomie ; air conditionné, douches, toilettes, cuisine : ni les dunes, ni les oueds, ni la neige ni les déserts de pierres ne l'arrêtent, et vous êtes comme chez vous dans un fauteuil-club devant l'écran de télé.

— Ce n'est pas vraiment notre but, a dit Jean-Pierre avec son air crispé.

— Vingt mille francs les six jours. C'est une expérience inoubliable. Et c'est votre gouvernement qui paie. Un café ?

Jean-Pierre s'est assis en tailleur sur le sable, tout raide. Il avait déjà pris son petit déjeuner, merci, et ses frais de mission n'étaient pas extensibles. Il a commencé à lui poser des questions de géographie pour tester sa compétence, et il avait l'air très calé tout à coup ; il avait dû étudier le pays pendant la nuit. Sa casquette s'est envolée, et je suis allé la rechercher.

Il faisait doux, la chaleur montait du sable, des oiseaux et des chats se disputaient les miettes. Je me suis intéressé un moment à un cerf-volant qui sifflait sur place au bout de son fil, tenu par un petit garçon immobile qui pleurait en regardant ses sandales. Cette plage interminable où les gens alignés lisaient le journal en bronzant, *Die Welt, Le Monde, Le Soir, Le Matin, Good Morning, De Morgen,* ne sentait rien, ne produisait pas un bruit. Aucun pêcheur, aucun bateau, aucun rocher, aucun rire. Là-bas, Valérie, enthousiaste, répondait aux questions en levant le doigt, comme à l'école. Je la regardais et j'oubliais un peu le regret de ma calanque. J'ai brossé la casquette de Jean-Pierre, pour m'occuper, pendant qu'ils faisaient connaissance.

Quand je suis revenu, on s'acheminait vers la solution d'une Land-Rover à neuf cents dirhams les six jours, plus l'essence. Jean-Pierre commençait à se détendre. Je me suis permis de faire observer qu'avec sa peau de Lorrain, sans casquette, il était en train de cuire. Valérie s'est emparée de son tube et, sans demander l'autorisation, lui a passé de la crème sur le front, les joues et le nez. J'ai vu qu'il lui regardait le soutien-gorge, à la dérobée ; ça m'a fait plaisir. Et puis son téléphone a sonné, il s'est relevé d'un bond en envoyant du sable partout et il est allé plus loin pour prendre l'appel. Ce n'était pas Clémentine parce que j'entendais « monsieur le Directeur », et du coup il faisait beaucoup moins petit garçon. Presque viril dans le genre coincé. On lui confiait des responsabilités, il les assumait, mais qu'on ne vienne pas les lui reprocher ni incriminer le ressortissant marocain, et qu'on lui donne les moyens et le temps d'accomplir sa mission — disait-il en shootant dans les vagues. Il me plaisait bien, comme ça. J'étais fier qu'il résiste et qu'il me défende. Je me suis tourné vers Valérie pour la prendre à témoin. Elle avait l'air beaucoup moins emballée.

— C'est une tasse, ce type.

— Une quoi ? j'ai demandé.

— Une tasse.

J'ai regardé Jean-Pierre qui faisait les cent pas dans la mer, pantalon retroussé, chaussettes à la main gauche, téléphone à l'oreille. Il avait raccroché son patron et il essayait encore une fois le répondeur de Clémentine, je l'aurais parié : il était redevenu petit garçon.

— Faut qu'il tombe amoureux de toi, j'ai dit, en serrant les dents.

— Eh bien, qu'il tombe ! a-t-elle soupiré avec la distinction bordelaise, en s'étirant. Tu me tartines ?

Elle s'est retournée sur le ventre en dégrafant son soutien-gorge. Je lui ai crémé le dos, sans quitter des yeux mon Jean-Pierre qui écoutait tristement les bips du répondeur plein en traînant les pieds dans le sable.

— Tu dois le trouver bizarre, je sais bien...

Elle a répondu :

— Non.

— Ah bon ?

— « Tous les comportements caractéristiques que l'on peut observer objectivement sur les oies ayant perdu leur partenaire, a-t-elle poursuivi en bâillant, se retrouvent dans une large mesure chez des hommes qui ont un chagrin. »

Soudain Jean-Pierre a poussé un hurlement, il a lâché le téléphone qui est tombé dans l'eau, et il a couru vers nous à cloche-pied en moulinant des bras.

— Konrad Lorenz, *L'Agression*, chapitre 11, a terminé Valérie en se tournant de côté, appuyée sur un coude.

Rouge de douleur, avec une grimace terrible, Jean-Pierre s'est abattu dans le petit déjeuner, une jambe en l'air. Il a arraché brusquement le soutien-gorge de Valérie, et se l'est noué autour du mollet dans un garrot serré. J'avais l'air malin, moi qui leur préparais une histoire d'amour lente, avec feu de camp dans l'Atlas et découverte mutuelle de leurs cœurs brisés.

— Tu veux ma culotte, aussi, hé, Ducon ! a crié Valérie, en envoyant valser la serviette avec laquelle j'essayais de lui cacher les seins.

— C'est une vive, a expliqué Jean-Pierre, le souffle court. Ça m'est déjà arrivé une fois à Ramatuelle. Je suis allergique... J'ai... j'ai le téléphone de mon médecin dans la chambre...

Et puis il a glissé de côté sur le matelas en grelottant. Ce n'était vraiment pas un cadeau de voyage, ce type.

Les joues gonflées de colère, Valérie a sauté sur ses pieds, enfilé son tee-shirt et m'a lancé :

— A tout prendre, tu vois, je préfère les oies.

Et elle a couru vers le petit chemin qui bordait la plage, derrière les eucalyptus. J'étais déjà en train de penser que notre voyage était fini, quand elle est revenue avec un gars sympa qui m'a aidé à porter l'attaché jusqu'à son taxi.

— J'ai mal, gémissait Jean-Pierre.

— Mais non, je disais.

Les vacanciers arrêtaient de jouer au volley sur notre passage, et j'avais honte de me trimbaler sur une plage ce pantin ridicule déguisé en héros du désert, avec un soutien-gorge entortillé autour du mollet ; j'avais honte et j'avais mal pour lui.

— On va ti miner à la polyclinique, missieur, disait le chauffeur. Ti vas guirir.

Et je lui en voulais à celui-là aussi d'avoir cet accent débile pour parler ma langue, je me serais volontiers battu avec lui entre Arabes pour communiquer normalement avec quelqu'un, pour une fois, comme je savais faire, j'en avais marre, marre, et marre ; j'ai balancé l'autre andouille sur la banquette où il a bredouillé, affolé :

— Et... et mon téléphone ?

— Merde ! j'ai dit.

Il s'est remis à claquer des dents, et il s'est évanoui, la tête sur mon épaule, dans les cahots de la 404 pourrie qui nous ballottait dans le chemin de sable. C'est vrai que c'était une tasse, ce type. Valérie avait bien raison. Elle m'a pris la main, par-dessus le genou de l'attaché qu'on se renvoyait à coups d'épaule, et ça m'a un peu calmé, de sentir qu'on était aussi agacés l'un que l'autre, et qu'on le savait sans se le dire. Quelque chose passait vraiment entre nous, je ne sais pas ; quelque chose que je n'avais jamais connu, comme une rencontre entre ses années d'études inutiles pour finir guide, et mes années perdues à casser des bagnoles en regrettant si fort d'avoir quitté l'école. On se complétait, dans le genre paumé, autour de cet attaché-catastrophe qu'on avait envie de renvoyer dans son pays, avec un mot pour sa femme. Mais je n'ai jamais su être égoïste longtemps – peut-être parce que je n'ai rien à défendre.

J'ai lâché la main de Valérie. En même temps que moi, elle a refermé ses doigts sur le genou de Jean-Pierre qui marmonnait des cauchemars, et son geste m'a rendu encore plus amoureux d'elle. Voilà ce que je voulais, finalement : qu'elle materne ce môme avec moi, pour que j'aie un peu l'impression d'être le père. Ça venait peut-être de mon enfance, je n'en sais rien, mais ça venait aussi d'elle ; je sentais bien qu'il nous fallait quelque chose de plus intelligent que le cul pour nous aimer, elle et moi.

Je la fixais avec émotion, et je me suis rendu compte au bout d'un moment que l'attaché avait gonflé. Ce n'était pas une blague, son allergie : il était en train de nous boucher la vue avec son œdème, et j'ai détourné le regard, par prudence, à cause du fou rire. Valérie aussi devait imaginer qu'il allait enfler et enfler encore et nous écraser contre nos portières. J'entendais les petits couinements avec lesquels elle retenait son rire, et c'était la douce musique de la complicité. Je n'avais peut-être pas le droit d'être heureux dans un moment pareil, mais on ne sait jamais quel malheur nous attend, alors un bonheur est toujours bon à prendre : c'est ma philosophie, et pour une fois que je pouvais la partager...

La polyclinique était un bâtiment neuf sur une colline, beaucoup plus luxueux que le dispensaire Saint-Joseph à Marseille-Nord. Un médecin en blouse impeccable a pris livraison de la victime sur un chariot, puis il est revenu demander nos identités pour remplir sa fiche.

— C'est un ami de passage, j'ai dit.

— Et vous ? il a demandé à Valérie.

— Je suis la propriétaire du soutien-gorge.

Il a relevé la tête, lui a fait observer que le garrot improvisé avec son maillot était beaucoup trop serré et que le patient avait risqué la gangrène. Valérie a précisé qu'il était également allergique, mais elle ne savait pas à quoi ; de toute manière le médecin a dit qu'on lui avait déjà fait la piqûre, et qu'on verrait bien. Il est reparti en oubliant nos fiches.

J'ai glissé à Valérie que je le trouvais bizarre ; elle m'a répondu que pourtant ce n'était pas le ramadan. L'an dernier, son père avait été opéré de la vésicule pendant la période de jeûne, et le chirurgien s'était évanoui en le recousant. Pour oublier un peu les mauvais présages, je lui ai demandé ce que faisait son père, dans la vie. Elle a dit qu'il était médecin, justement, mais qu'il avait arrêté à cause de l'alcool ; maintenant il était horticulteur. C'était par désespoir : depuis la mort de sa femme, le monde s'était arrêté pour lui.

Je me suis senti très triste, tout à coup, parce que je me suis dit que si Jean-Pierre mourait sur son chariot, le monde continuerait de tourner. Sa Clémentine deviendrait veuve, ce qui est toujours plus flatteur qu'un divorce, et ses parents en Lorraine auraient de la peine, bien sûr, mais ils avaient le souvenir d'un écrivain de dix-sept ans ; ils ne connaissaient pas l'attaché humanitaire tout paumé avec sa petite mallette, son téléphone sans fil et sa casquette de baseball ; celui-là c'était mon défunt à moi, je serais peut-être le seul à le pleurer pour ce qu'il était, mais ça me faisait du bien de pleurer quelqu'un : au moins j'aurais compté pour lui, et il me laissait un vide, parce qu'il m'avait quitté sans le vouloir.

Une demi-heure plus tard, on nous l'a rendu, dégonflé, trottinant, tout content d'avoir triomphé de son allergie, alors que la dernière fois à Ramatuelle, tenez-vous bien, j'avais déliré trois jours à plus de quarante. Il a demandé pardon pour le dérangement, il a voulu absolument offrir un nouveau maillot de bain à Valérie ; je sentais qu'elle commençait à lui plaire, et j'ai attendu dans le taxi pendant qu'ils faisaient les magasins. Il paraissait un peu déçu que je ne partage pas sa gaieté, mais il me fallait du temps pour oublier mon chagrin : je venais tout de même de l'enterrer, trente minutes plus tôt.

Carnet de mission
Jean-Pierre Schneider
Agadir → Irghiz (Maroc)

Mercredi 25

Temps clair, soleil, 25°.

Départ à 14 heures par la route P32, qui relie Agadir à Ouarzazate. Nous traversons la plaine du Sous, une région luxuriante où les bergers font paître leurs chèvres autour des oliviers et des arganiers, arbres à longues épines responsables de notre premier arrêt, suite à une crevaison. Aziz entreprend de changer la roue.

Les bergers en burnous accourent de toutes parts afin de nous prêter main-forte, ai-je cru innocemment, mais leur intention n'était que de mendier, hélas. Notre guide m'empêche d'ouvrir mon portefeuille, arguant de leur trop grand nombre. A titre de compensation pour ces malheureux, elle m'enseigne ma première expression arabe : « *Achib Allah* », qui signifie « Allah te donnera ». Je le leur dis, améliorant ma prononciation peu à peu ; les derniers arrivants seront les mieux servis. Je plaisante, mais c'est consternant, cette misère qui n'en est pas une : un réflexe, plutôt. L'Occidental est coupable, comme toujours : où qu'il passe, il acculture, en créant le besoin. *Achib Allah.* Délicatesse du rite greffée sur une réalité sordide.

Je pense à l'admirable phrase de Lucien Guitry,

lorsque, voyant un aveugle assis contre un mur, il remet à son fils, le petit Sacha, une pièce d'or afin qu'il la dépose dans son chapeau. « Pourquoi n'as-tu pas souri à cet homme en lui faisant l'aumône, Sacha ? – Mais, père, c'est un aveugle. » Et Lucien Guitry de répondre : « Oui, Sacha, mais *si c'est un faux aveugle ?* »

Aziz ayant terminé la réparation, nous repartons. J'ai hâte de quitter ces plaines par trop touristiques. Mais j'ai parfaitement conscience du caractère initiatique de ce voyage, et tout est important.

Chaleur supportable. Aziz est assis à l'avant. J'occupe la banquette arrière, au-dessus des jerrycans d'essence, et le filet d'air qui entre par ma vitre a dissipé au fil des kilomètres mon mal au cœur. La tête d'Aziz est tournée vers les sommets neigeux de l'Atlas que nous commençons d'apercevoir à main gauche. Je devine l'anxiété qu'il éprouve : j'essaierai de la traduire en mots, plus tard, au calme. Là, ce ne sont que quelques notes, un journal de bord qui attestera de l'authenticité du périple, tout en me permettant de déjouer *a posteriori* les pièges de la mémoire.

Je griffonne ces lignes au bord d'une cascade, parmi des tablées d'Allemands pique-niqueurs qui saccagent l'harmonie du lieu. Lauriers-roses. Palmiers-dattiers. Figuiers de Barbarie. Chameaux à louer. J'ai vu, sur la carte d'état-major, que la guide a fait un détour de quarante kilomètres sur l'itinéraire prévu pour nous permettre d'admirer ce point de vue. Lui dire, ce soir ou demain, en particulier, que nous ne sommes pas là pour faire du *tourisme*. Tout pittoresque inutile, le plus beau soit-il, qui ne figure pas implicitement sur le trajet indiqué par Aziz, est *hors sujet*.

Nous grillons Taroudannt et ses souks, ses bougainvilliers, ses remparts du XVIIIe où nichent des cigognes. Mlle d'Armeray a compris mon impatience. Ma rigueur, plutôt. Je ne *découvre* pas : j'accueille. Je me prépare. Je me réentraîne.

Tant d'années que je n'ai plus écrit. Le style. Penser au style.

PS : Au contrôle de police de Taliouine, sur son passeport, j'ai vu que son patronyme entier est d'Armeray de Villeneuve. J'ai connu un Villeneuve en hypokhâgne. Lui demander si elle est parente ?

Jeudi 26

Temps idem.

Nuit passée au Club Karam, l'hôtel luxueux de Ouarzazate. Détestable. Air conditionné, room-service. J'exige dorénavant de dormir chez l'habitant, au pire dans des auberges de pays. Et puis, que diable, notre équipement comprend des tentes ! Campons ! L'ambiance aseptisée des hôtels internationaux n'a rien à faire dans notre histoire.

Quant à Ouarzazate, R.A.S. Garnison de la Légion étrangère devenue décor de pub. Les cars d'Américains défilent au pas vers le village de pisé où Orson Welles tourna *Sodome et Gomorrhe*. Cigares-souvenirs, fauteuils « authentiques » du metteur en scène avec son nom derrière. Lamentable.

J'essaie de renouer le contact avec Aziz. Il se dérobe, je ne comprends pas son attitude. Il semblait tellement partager mon enthousiasme, à l'aéroport de Rabat, lorsque nous jetions les bases de notre livre. J'ai besoin de *son regard* sur son pays : c'est lui, l'instance narrative. Mes réactions personnelles n'ont aucun intérêt, et je m'efforce de les occulter. Mais si celles d'Aziz ne prennent pas le relais, il n'y aura plus rien à dire et le récit tombera en panne.

Peut-être Aziz est-il gêné par la présence du « tiers ». Je devrais parler à Valérie, mais c'est difficile aussi. Je sens peser entre nous un obstacle, et c'est encore Aziz. Il a perçu l'attirance qu'elle paraît éprouver pour moi – tout en s'en défendant très bien, d'ailleurs : sa froideur instinctive est une nécessité dans la fonction qu'elle occupe, fatalement draguée par tout mâle en âge d'aimer. Serait-il possible qu'avec son physique, ses vingt ans, son sourire, ses épaules, Aziz soit *jaloux* de moi ?

Si tel était le cas, ce serait ennuyeux pour l'avenir du roman, mais délicieux pour moi. Trente-trois ans dans six mois. Mon Dieu. « Qu'as-tu fait de ton talent ? », oui, je sais. Mais pour qui me battre ? J'avais oublié le regard des femmes, depuis que la mienne ne me voyait plus. Valérie d'Armeray de Villeneuve.

Passons.

PS : Il n'y a rien de sexuel dans les sentiments qu'elle manifeste à mon égard. C'est uniquement une complicité de culture. Étrange qu'elle se soit laissé abuser de la sorte, elle la milieu-fermé de Bordeaux qui sent le pensionnat, les dimanches à la messe, les draps brodés, les leçons de piano, les cours de golf. Elle s'identifie à moi, elle me croit conforme à l'étiquette diplomatique de ma valise, elle me prend peut-être même pour un rejeton de ces Schneider politico-industriels du Creusot, que les professeurs d'histoire appellent « Schnèdre » pour briller devant leurs élèves, comme ils disent « Breuil », « Lass » ou « Trémouille », bénédiction des noms qui ne se prononcent pas comme ils s'écrivent ; culture de prêt-à-porter. Alors que le prince, l'héritier, le fin-de-race, la tradition qui se perpétue, c'est Aziz. Moi je suis issu de *L'Humanité* le dimanche, le respect du patron en semaine, la vie tracée, résignée, du pavillon à l'usine et de l'usine au café ; la fraternité ouvrière avec son orgueil touchant, le travail bien fait – tout ce que j'ai cassé.

Mais elle aussi est une rebelle. Ces mèches si fines, cette chevelure pour chignon massacrée aux ciseaux de cuisine, cette peau sans maquillage, ce tatouage sur le bras, cette manière macho de parler arabe avec le menton en avant, la voix crachante. Rebelle, insoumise... Elle a opté pour les pistes, les oueds, les grands espaces. J'ai choisi les livres, la liberté, les études. Pour en arriver où. Chargé de mission détachable à la Presse. Et elle, traîne-poussière au milieu des touristes abrutis photographiant les Touaregs apprivoisés vendeurs de cartes postales.

Au restaurant, hier soir, derrière ces menus grotesques reliés façon grimoire, la ligne bleue de son regard sur mes mains. Mes mains courtes, carrées, inemployées. Faites pour couler la fonte en fusion, depuis trois générations : si malhabiles à tenir un stylo. Et pourtant... Si tu me voyais, Valérie, en ce moment, sur ma chaise en résine de synthèse, devant un yaourt où s'enlisent mes germes de blé, au milieu de cette terrasse donnant sur les sommets du Haut Atlas, écrivant, écrivant sans rien voir des beautés dont je me fous. Seules comptent ces mains qui essaient de dire qui je suis. Ces mains que j'ai toujours cachées, dans les cocktails du Quai, les dîners en ville, j'étais fier de te les offrir, hier soir, tu sais. Te laisser deviner mon reniement, ma fuite, en échange des regrets qui traînaient dans tes yeux.

Huit heures : il faut partir.

PPS : J'ai envie d'elle.

Vendredi 27

Nuages moutonnants, température plus fraîche.

Clémentine s'éloigne. Elle est la seule qui ait cru en moi ; elle m'a quitté lorsque *moi* j'ai cessé d'y croire. Mais les mots retrouvés ne la feront pas revenir : c'est trop tard. J'écris sans toi, Clé. Me liras-tu ? Je te dédierai ce roman, si je le mène à terme. On dit adieu comme on peut.

Touchante pancarte, à la sortie de Ouarzazate : un chameau peint d'une manière naïve indiquant aux yeux des nomades de jadis que Tombouctou n'est qu'à cinquante-deux jours de caravane.

Premier paysage véritablement sauvage : des gorges abruptes aux rochers rouges où la Land-Rover plonge dans les fondrières d'une voie caillouteuse au ras d'un oued couleur d'argent. Sublime. Je n'ai pas entendu le nom, avec le bruit du moteur. Nous avons quitté la route P32. Enfin ! Plus un touriste en vue : l'aventure commence. Quelques Berbères chleuh font du stop. Valérie ne s'arrête pas. Par ma vitre ouverte, je leur crie : « *Achib Allah !* »

Une excitation diffuse règne dans l'habitacle. Le sentiment commun de pénétrer réellement au cœur de notre quête, d'être *pour de bon* sur la route d'Irghiz. Et puis le silence d'Aziz, toujours, mais qui a changé, qui a tourné à la manière d'un vent devenu favorable. Comme si les sourires que Valérie m'adresse dans le rétroviseur, des sourires clairs, d'amitié, de curiosité patiente, comme si ces sourires le rassuraient. Je me suis trompé : il n'est pas jaloux de moi (prétentieux !). Sensible à l'intérêt que je manifestais à Valérie, il craignait simplement qu'un refus de sa part n'envenimât le climat de notre expédition. Voyant que Valérie a cessé d'être sur la défensive, il s'est détendu. Il songe qu'il sera notre parrain. Comment disait-on, déjà, au lycée ? Tenir la chandelle, c'est cela. Aziz, mon éclaireur, prépare ses allumettes.

Ce garçon me bouleverse. Cette simplicité, cette délicatesse dans le silence, cette attention bienveillante qu'il me porte, cette maturité d'enfant vieux comme les pierres, qui a vu couler les siècles autour de ses certitudes. C'est lui qui donnera la dimension mythique du livre. Tout sera axé sur ce personnage en qui je pourrai dire « je », un jour, à force de m'imprégner de son regard, et de son imagination. Car je sais très bien où nous allons. Je ne suis pas dupe. Sa vallée d'Irghiz est une simple oasis au pied d'un djebel, comme on en a déjà vu trois. Ses hommes gris sont des Berbères chleuh comme les autres, qu'il a divinisés pour me faire aimer sa patrie ; réaction normale et saine. J'aurais la même, aujourd'hui, si je parlais d'Uckange, mythologie glorieuse de la fonderie au bout de notre petit jardin, où je me suis quand même fait chier dix-sept ans dans le vacarme du haut-fourneau et les sirènes qui trouaient mon sommeil.

Plus déroutant est son refus systématique de parler arabe. C'est Valérie qui commande pour nous à l'auberge, demande le plein à la *mhatta d'lessence* (station-service), montre mes laissez-passer officiels aux contrôles de police. Pourquoi Aziz fait-il la grève de sa langue ? Gêne envers ses compatriotes qui le voient ramené au pays dans un panier à salade banalisé, mais panier à salade tout de même ? Ou bien délicatesse envers moi, qui dois me glisser dans sa peau malgré la barrière du langage. A moins que son dialecte soit différent de ceux que nous croisons sur la route. A creuser.

Je lui ai posé, durant le plein, la question que je retenais depuis Marseille, pour ne pas troubler son retour aux sources : qui lui avait appris à parler français aussi bien ? Un homme de sa tribu ? M. Giraudy ? Il m'a interrogé, au lieu de répondre : « Et vous ? » Je n'ai pas compris.

Mais à midi, au village de Msinar, pendant l'arrêt-déjeuner que nous avons effectué chez l'habitant, à ma demande, Aziz a fait encore plus fort. Il s'est déchaussé comme nous, en entrant, pour respecter la coutume, mais à table il a commis un acte inconcevable, inouï. Comme il n'y avait pas de couverts, il a mangé avec ses doigts, mais *en utilisant sa main gauche,* ce qui est très grave, et constitue une offense délibérée dans l'Atlas, où la main gauche est considérée comme impure, m'a expliqué Valérie tandis que l'habitant nous jetait hors de sa maison.

Étrange Aziz. Provocateur, irréligieux, inculte, ignorant de ses propres traditions ? Non. *Il me tend des perches.* Il provoque des incidents qui pimenteront mon livre. C'est extraordinaire, ce qui m'arrive. Je voyais en lui une muse, et je me retrouve avec une sorte de « diable-gardien », qui tente et perturbe les événements et les gens sur son passage, pour me donner de la matière.

J'imagine ce qu'aurait été notre voyage dans la Jeep

de cet Omar que j'avais déniché. Même pas un chapitre : cinq pages. Merci, Aziz. *(Chokran,* ou, plus solennel : *Baraka Allah oufik.* Littéralement : qu'Allah t'apporte la force bénéfique.)

A dix-sept heures, pendant un arrêt dans l'admirable cirque de Jaffar (troupeaux de chameaux, vieux cèdres, genévriers, masse infranchissable du djebel Ayachi enneigé), profitant d'une absence d'Aziz qui est allé satisfaire un besoin naturel dans les genêts, je questionne Valérie sur le mythe d'Irghiz. Elle confirme du bout des lèvres la version « vallée sacrée » où survivent des animaux et des plantes de la préhistoire, mais d'une manière étonnante, sur un ton quasiment réprobateur, comme s'il s'agissait de saper un scepticisme injurieux de ma part (le scepticisme est-il la « main gauche » de l'esprit, dans l'Atlas ?).

En un mot, j'ai le sentiment de parler OVNI à un spécialiste de la Nasa qui me cite des éléments de dossier : enregistrements de vitesse, échos radar, traces de matières. La rigueur analytique au service d'une hypothèse *envisageable.* (NB : replacer mes impressions lors du colloque « Science-Frontières » de Puy-Saint-Vincent, où la Direction du livre et de l'écrit m'avait demandé d'accompagner ce physicien espagnol qui disait recevoir les formules d'une découverte moléculaire importante – authentifiée – en provenance de la civilisation extraterrestre Umnite. Un complot du KGB pour discréditer les savants européens, d'après Loupiac. Je me suis toujours opposé à cette version. Dire pourquoi. Non au refus systématique du rêve. Respecter ce qui nous dépasse.)

Donc, Valérie m'abreuvait de références paléontologiques : les empreintes des sauriens fossiles d'Imin-Ifri (25 millions d'années) et leurs gros œufs retrouvés dans un état de conservation surnaturel, les lieux de culte néolithiques du Tizi n'Tirghist, les milliers de gravures rupestres de Tinsouline et du Draa, entièrement exécutées au burin (10 000 ans)... Le Maroc foisonnait, selon elle, de vestiges miraculeux, de lieux inchangés, de secrets indéchiffrables. Des Irghiz, il y en avait des centaines, dissimulés dans les replis hors d'atteinte du Haut Atlas. Et la route goudronnée en construction qui menaçait la vallée des hommes gris, c'était la CT1808, destinée à desservir la future station de ski du djebel Ouaoulzat (3 770 mètres), balafre honteuse dont nous avions longé le chantier tout à l'heure.

Quand Aziz est revenu, elle l'a pris à témoin. Il a acquiescé. Elle lui a demandé si nous étions loin. Il s'est planté au milieu du cirque, les mains sur les reins, et il a tourné, lentement, semblant chercher dans le blanc aveuglant des sommets le col le moins difficile à franchir. Elle lui a lancé une phrase en arabe, à laquelle il a répondu par un long hochement de tête, très grave. Puis elle m'a regardé. Elle n'a pas voulu me traduire ce qu'elle lui avait demandé.

Succulent repas, le soir, dans un *tighremt,* maison fortifiée ocre aux fenêtres entourées de blanc, pour éloigner les mauvais esprits *(jnoun).* Thé à la menthe, *harira* (soupe non identifiée), *tajine* aux pruneaux, *kefta* (boulettes), piments géants que j'ai mangés en les prenant pour des poivrons, et deux litres d'eau pour éteindre l'incendie, malgré les mises en garde de Valérie contre les bactéries. Je m'en fous. La seule chose impure à éviter, pour moi, maintenant, c'est ma main gauche. Trente-deux ans d'eau d'Évian, stop. Je veux vivre. J'ai jeté mes germes de blé.

Dans le village en terre cuite où j'étais sorti pour ruisseler à l'abri de leur regard, la gorge en feu, parmi les chèvres et les chênes rouvres (à vérifier), Valérie m'a rejoint. On s'est assis sur des pneus. Elle m'a pris la main. Comme par magie, la sueur qui trempait mon polo a paru s'arrêter de couler. Elle m'a avoué qu'Aziz ne retrouvait plus le chemin de sa vallée. J'ai dit que nous avions le temps. Que j'avais terriblement envie d'avoir le temps, pour la première fois de ma vie. Elle a posé ses lèvres sur les miennes, m'a donné un baiser d'une vingtaine de secondes. Quand elle s'est reculée, le menton relevé, les yeux barrés d'une mèche, elle m'a demandé si ça allait mieux. J'ai répondu oui. Elle a murmuré qu'elle avait arrêté l'effet du piment, et qu'il était inutile de lui sauter dessus.

Je l'ai regardée s'éloigner vers la kasbah. Sa silhouette fine et désespérément jeune, vivante, inaccessible. Comment proposer l'amour à une fée qui se moque de vous ? L'avait-elle déjà fait, d'ailleurs ? Il y a en elle quelque chose de totalement virginal : une liberté rêche, une intransigeance rêveuse, une mélancolie sans prise. C'est peut-être cela qu'elle essaie de me dire. Je n'ai jamais dépucelé personne. Agnès, Agnès... Comme tu es loin, dans ma chambre à Uckange, lorsque je te lisais mon manuscrit et que, parmi les cahiers, tout grisé des phrases que tu venais d'entendre, ma seule lectrice, je t'embrassais sur le lit, te caressais, et tu disais non, tu disais « lis encore ». Je lisais.

Si nous devons faire l'amour, Valérie, et si c'est ta première fois, je serai aussi puceau que toi, je crois bien. J'ai quinze ans, tout à coup. Et je te signale que ton baiser n'atténue en rien l'effet du piment.

Je suis heureux. Oui ?

A voir.

Première nuit à la belle étoile. J'ai déchiré la tente jaune, malencontreusement, en voulant couper une corde trop longue. Valérie monte la verte et s'y installe. Immédiatement, elle éteint sa lampe à gaz.

A une heure du matin, terrible orage, d'une violence dantesque. Aziz et moi, trempés, nous réfugions dans la Land-Rover. Dix minutes plus tard, un torrent de boue surgi de nulle part emporte la tente que nous venons de quitter. Nous courons taper à celle de Valérie, ouvrons la fermeture Éclair. Elle nous injurie en dormant à moitié, nous dit de lui « foutre la paix ». Le torrent dévale à trois mètres de son sommeil. Nous hésitons à la sortir de force, et puis nous allons monter la garde, derrière le pare-brise, surveillant le débit jusqu'à la fin de l'orage.

Il est sept heures du matin. Nous avons perdu quinze degrés. Valérie vient de sortir de sa tente, enroulée dans un pull. J'allume les phares, pour qu'elle voie où elle marche, descends lui porter le thermos. Elle jette un regard distrait à l'ornière du torrent de la nuit, et me dit cette phrase que je n'oublierai jamais : « Les gens qui n'aiment plus la vie savent très bien quand ils mourront. Je ne risquais rien. »

Elle fait pipi derrière sa tente et retourne se coucher. L'aube s'annonce, le ciel est de nouveau limpide, bleuit sous les étoiles. Je rebouche le thermos et remonte écrire, appuyé sur le volant.

Aziz, rencogné dans son duvet contre la portière, me grommelle d'éteindre le plafonnier, à cause de la batterie. Il se rendort. Haut dans le ciel, un aigle tourne autour de nous.

Je relis la phrase qu'a prononcée Valérie. Ce sera l'exergue de mon livre. Mon livre. Je ne sais plus ce qu'il y aura dedans. Je me fous d'Irghiz, des hommes gris, du Quai d'Orsay, de ma mission, de la réinsertion d'Aziz qui se réinsère tout seul. Valérie, Valérie, Valérie. Soupir.

Je repose mon stylo pour finir ma phrase en rêve.

Dimanche 29

Soleil radieux, 20°.

Je ne sais par où commencer. Ma vie bascule.

Je n'ai pas consigné la journée, hier soir. Pas pu.

Merveilleux, angoissant, indicible.

A quoi sert un adjectif ?

Samedi matin, à huit heures moins dix, Valérie vient tambouriner à ma portière. Je me réveille, j'ouvre. Elle m'arrache de la Land-Rover pour m'entraîner jusqu'au bord de l'à-pic. Sous mes yeux, le désert *fleurit*. Des couleurs mauves, jaunes, rouges, bleues jaillissent à tour de rôle du sol pelé. Comme je la serre contre moi, transporté d'enthousiasme, elle me répond qu'elle n'y est pour rien : c'est un phénomène naturel. Rare, mais naturel. Comme l'amour. Les graines de l'Atlas peuvent attendre des années qu'une pluie suffisante leur permette d'éclore, et alors elles explosent à la vie, toutes ensemble, au premier rayon du soleil.

Je pose la tête sur son épaule. Elle passe un bras autour de ma taille. Instant de plénitude, absolu, certitude – je ferai des phrases plus tard. Les mots se refusent ; je redoute presque autant la banalité que le lyrisme. J'aimerais lui écrire et attendre une réponse, mais j'ai gâché trop d'instants dans ma vie. Alors je la tire par la main, et je cours jusqu'au petit lac près duquel on bivouaque, pour entrer dans l'eau avec elle, parmi les flamants roses affolés, l'enlacer dans nos vagues et nous laisser tomber. Elle crie « Non, pas ici, attention ! », et elle répète un nom qui ne me dit rien, Bill quelque chose, un autre homme qu'elle aime ou qui s'est noyé ici, quelle importance[1] ? Plus rien n'existe que son corps dans nos éclaboussures. Le monde est à nous, désert à part Aziz qui fait chauffer le café, là-bas. Je la renverse dans la vase, je me déshabille comme si j'étais beau, elle soupire et, sur ce lit qui s'enfonce sous nous, elle s'offre à moi.

Description ultérieure : je suis encore sous le choc. J'ai été maladroit, brutal, je le sais, mais j'avais trop envie, trop besoin, et elle m'a laissé venir en elle avec fatalisme. Quand j'ai constaté que j'avais joui tout seul, je lui ai dit, contrit, d'une petite voix : « *Achib Allah* », comme au mendiant à qui l'on n'a rien pu donner. Elle a eu l'indulgence de sourire. Je t'aime. Tu m'as répondu : « Mais non. » Tu verras bien, quand j'en aurai fait un livre.

1. En fait : bilharziose. Maladie de l'intestin causée par un trématode que les mollusques d'eau peuvent transmettre à l'homme. Elle me l'a expliqué ensuite.

En t'aidant à te relever, je t'ai demandé, dans le doute (mais tant qu'à être ridicule, autant paraître naïf), si j'étais le premier. Tu as répliqué, agressive, mais peut-être par pudeur ou par fierté : « Dans l'eau, oui ! »

Nous sommes sortis du lac, et les flamants derrière nous sont revenus. Sans te retourner, tu as foncé sous ta tente. Je suis allé voir Aziz qui s'était éloigné, assis sur un rocher, au bord de l'oued où il tentait de faire des ricochets. Il nous avait vus, bien sûr. Il pleurait. Debout près de lui, le protégeant du soleil, je lui ai présenté mes excuses. Il a répondu qu'il ne pleurait pas à cause de nous, mais à cause de l'eau. A cause de l'amour dans l'eau. Comme j'essayais d'en savoir plus, il s'est mis à parler d'une clairière souterraine, immense, le fond d'un très ancien volcan éteint où poussaient, grâce à la lumière tombant de la cheminée, des platanes et des pins-parasols. De petits chevaux d'une race oubliée paissaient autour de la source chaude dans laquelle se baignait en chantant, au milieu des nénuphars, Lila, sa bien-aimée, la fille du roi d'Irghiz qui ne la donnerait jamais à une simple alouette *(sic)*, et c'est pourquoi il s'était porté volontaire pour aller chercher M. Giraudy à Marseille, et c'est pourquoi il était si désespéré aujourd'hui de revenir les mains vides – il ne disait pas ça pour moi, a-t-il précisé – mais ce n'était pas un hasard si l'entrée de la vallée se refusait à lui : sa main gauche, par le regard des hommes, était devenue impure.

Je griffonne les grandes lignes, de mémoire ; la vision de ce beau garçon gorgé de soleil qui pleure sur l'image d'un volcan fantaisiste me laisse de glace. Je ne veux plus de son histoire, tout à coup. La mienne commence. Il peut nous faire tourner en rond des semaines autour de sa montagne ; je suis amoureux et j'ai le temps pour moi.

C'est vrai, alors, que l'on devient si vite égoïste lorsque l'on est heureux ? J'ai regardé l'heure. Je voulais me souvenir qu'à neuf heures quarante-quatre, ce samedi matin, j'avais pardonné à Clémentine.

Et que lui pardonnais-je ? D'avoir aimé *Lorraine,* mon manuscrit lu un après-midi au restau U, d'avoir donné chez sa mère des dîners d'éditeurs où j'étais prié au dessert de lire quelques pages « apéritives » ? Le ridicule nous a tués. Moi, en tout cas. Elle, elle est riche. Et c'est plus facile avec un peintre. Dix secondes suffisent pour se faire une idée en regardant au mur ; un peintre dérange bien moins qu'un écrivain. Et puis c'est vrai qu'ils sont beaux, les tableaux de Loupiac.

Avant le déjeuner, promenade romantique tout seul, en songeant à Elle, ma nouvelle Elle, Valérie d'Armeray de Villeneuve, ma douceur, ma sirène, le long de l'oued. Douleurs d'estomac. Je pense que c'est psychosomatique.

Aziz nous a rapporté des mulets pour tenter l'ascension par la face sud : le passage se trouve là-haut, il se rappelle, affirme-t-il. Je le laisse aller. Ennuis gastriques.

Valérie vaque à ses occupations, trace des traits sur les cartes, manie le compas et la boussole pour remédier aux carences de notre homme gris. Elle ne semble pas du tout gênée par mes petits problèmes. « La maladie, je connais », m'a-t-elle dit. En revanche elle m'a prévenu : l'attendrissement, les serments, l'avenir, tout ce que je brûle de lui proposer, elle refuse. Quant à refaire l'amour, elle me dit de prendre d'abord les médicaments qu'elle me choisit dans sa valise à pharmacie. Je suis un peu inquiet de les voir tous périmés. Elle pose la main sur mon front, enserre mon poignet, et me répond que c'est eux ou moi. J'espère que c'est de l'humour.

Elle a diagnostiqué une infection amibienne. L'eau dans laquelle nous nous sommes connus ? Non, celle que j'avais bue la veille.

Je préfère.

Aziz revient en début de soirée, sur son mulet. Il déclare que l'accès doit se trouver sur la face nord. Me voyant grelotter sous mon duvet, il demande à Valérie ce que j'ai encore. Elle lui répond en arabe. Il se détourne en soupirant.

On ne me traduit pas.

Lundi

Temps gris, 39,4.

Refusé de descendre voir un médecin à Tabant. Tant pis pour la fièvre : elle baissera, et nous franchirons ce col. Plus jamais je ne retournerai en arrière. Le roman s'appellera *Un aller simple.*

Mon estomac est tordu de crampes, j'ai des sortes de vertiges bizarres, pas désagréables. Ils m'emmènent ailleurs. Je *m'approche de quelque chose,* dans ma tête. Quelque chose d'essentiel qui se dérobe sous l'effet de l'aspirine, mais je reviendrai.

Trop fatigué pour noter mes rêves. Mots en vrac, en espérant qu'ils ramèneront les images : Henri IV – Liban – croissants – nénuphars – cake.

Mon pied infecté par la vive s'est remis à gonfler, et Aziz me soutient pour marcher, quand nous déplaçons le camp. Tournons toujours autour de la chaîne de montagnes : il ne trouve pas l'entrée. Pas grave. Mieux. Le temps.

Attendre la nuit, avec Elle, sous la tente. Retrouver ma chambre, Agnès, les mots qui sortent de mon cahier pour elle. Agnès mariée, des enfants, demandé d'être parrain. Refus, pourquoi ? Si mal. Toutes ces années perdues, abîmées. Au nom de quoi ? La honte. La honte de ce que j'ai fait. Le quai de la gare de l'Est. Non. Pas les mots. Pas encore. Oublier.

Mercredi ?

Vent, soleil. La fièvre est tombée. Je reste sous la tente pendant qu'ils explorent.

Le week-end à Bruyères. La petite maison aux trompe-l'œil effacés que papa restaurait durant les vacances, avec l'équipe de la fonderie. Vacances à tour de rôle, murs en commun, avec les goûts de chacun : la maison qui changeait... L'été dans les Vosges. Mon premier week-end avec Agnès, première fois qu'elle avait dit oui. Seul avec elle. Et papa. Tu es mineur, Jean-Pierre, je viens. Il avait dormi dans la Simca, sous notre fenêtre. Pour maman. Elle lui avait confié la mission, mais il nous laissait notre nuit. Notre nuit dont nous n'avions rien fait. Je t'aime, papa. Je ne te l'ai jamais dit, je l'ai écrit, je n'ai pas osé te le faire lire. Tariii ! Taraaa ! Taratata ! à huit heures du matin, pour prévenir, qu'on ait le temps d'être décents : il apportait les croissants. Je n'ai pas eu honte de toi, je te jure. Dans ton bleu de chauffe, avec ta casquette à carreaux et ta grosse figure pleine de plâtre : tu montais une cloison à la cave depuis déjà deux heures. « Ça va, les amoureux, on a été sages, j'espère ? » Hilare. Non, pas cette fois-ci, la honte. La honte de moi, simplement. Et la haine contre Agnès, qui m'avait refusé son corps et maintenant refusait mon père, visage crispé tourné vers le mur, draps serrés sous les bras cachant sa poitrine même pas nue. Mon seul week-end avec une fille. Avant Clé. Plus jamais je n'ai eu les croissants du matin avec les morceaux de plâtre. Je t'en ai voulu, papa, si fort. C'était si facile de t'accuser. Toi qui ne savais même pas que tu étais dans mon livre. Que c'était ta vie. Et tu n'existerais plus pour moi que sur le papier. Pour refuser que tu boives, que tu vieillisses, que tu joues de la trompette et que tu ronfles à table. Vie brûlée par le haut-fourneau que tu vénérais, ta fierté. Pardon, papa. Pardon pour après. Pardon pour la gare. J'ai mal.

La fièvre est revenue. Valérie me soigne. Je ne me relirai pas. Je veux que ça sorte. Le jour de la honte. La double honte.

Je venais d'être nommé au Quai. Service des télex. Fonctionnaire. Diplomate. J'avais quelque chose à leur montrer, ENFIN, j'étais quelqu'un, je n'étais pas parti pour rien. Je leur ai envoyé les billets de train. On fêterait. Au « Clairon du chasseur », le restaurant de papa, son seul souvenir de Paris, *sa* nuit dans la capitale, en 39, avant de partir pour le front. Venu en train, reparti en train, prisonnier quatre ans, puis le train du retour, trente-six kilos. Et je les attendais à la gare. Pour réconcilier. C'était le train du bonheur, cette fois. Mon fils a réussi.

Embouteillages, collision, constat, je suis arrivé en retard, une demi-heure. Quand je les ai vus, tous les deux, rougeauds, tout gros, endimanchés, veste à carreaux, manteau de fourrure de la voisine ayant déjà servi pour le mariage de mon frère, je n'ai pas pu. La valise en skaï jaune, le sac Prisunic avec le cake. *Son* cake. Impossible de bouger, d'aller vers eux, de me forcer, d'avoir peur de leur colère, de leur demander pardon. Pardon d'être en retard, pardon d'être en vie, de vouloir faire autre chose, de ne pas donner de nouvelles, d'aimer une fille de Paris. Ils criaient, se disputaient, prenant à témoin l'employé des trains qui haussait les épaules. Je ne bougeais pas. Je ne respirais plus. Je me voyais, dans la vitrine du tabac. Le complet trois-pièces, les lunettes rondes. Moi ? Cette chose de bureau, cet uniforme, ce rêve mort, ce personnage de Magritte ? Moi l'écrivain, l'amoureux nervalien, le chantre de la Lorraine qui avait dédié son manuscrit à Bernard Lavilliers, sorti des fonderies lui aussi, notre héros, notre rebelle, avec sa mémoire en guerre et sa révolte proclamée dans une boucle d'oreille ? C'est ça que j'étais devenu ? Un cintre qui portait un costume.

Je n'ai pas bougé, je n'ai pas appelé, je suis resté là,

tandis qu'ils gagnaient un autre quai en tirant la valise pour reprendre un train. Papa gueulait. Maman en pleurs. Le cake tombé du sac. Je n'ai pas bougé. La double honte. Honte de ce qu'ils étaient restés, honte de ce que j'étais devenu pour ne pas leur ressembler.

Quand le train pour Metz a disparu avec ses lumières rouges, je suis allé ramasser le cake. Je l'ai gardé, sans oser le manger. Il est toujours boulevard Malesherbes, dans mon placard. Clé l'aura jeté.

Ma main tremble trop. J'ai tout dit. Je ne saurai les aimer qu'après leur mort. Et si je pars le premier ? J'avais appelé Uckange, le soir. Désolé, je suis au Liban, mission urgente, impossible prévenir, vous ai envoyé mon secrétaire, il vous a manqués, vraiment désolé, je viendrai moi pour Noël. Jean-Pierre, arrête. Ton père le sait bien, que tu as honte de nous. C'était pas la peine de lui faire ça. Laisse-nous tranquilles, va, ça vaut mieux, vis ta vie. Ma vie.

Faites qu'on me lise.

Ça fait trois jours qu'il n'écrit plus dans son carnet. Son pied droit s'est remis à gonfler, là où la vive l'avait piqué, et il n'arrive plus à lacer sa chaussure. Il est souvent malade, à cause des allergies et des épices qu'il continue d'avaler pour faire couleur locale. Son visage est un énorme coup de soleil qui réussit quand même à être pâle. Il a dû perdre cinq kilos. Mais c'est peut-être l'amour.

J'ai pris l'habitude de dormir dans la Land-Rover, la nuit, pour leur laisser la tente. Valérie ne me dit rien de ce qui se passe entre eux, et je détourne les yeux quand sa lampe-tempête commence à leur dessiner des ombres sur la toile. D'ailleurs on ne se parle presque plus. On regarde, on roule, on campe. Et je reste seul avec les levers de soleil rouge clair sur les déserts de pierres, et les couchers de soleil orange sur les sommets neigeux, mes pieds sur le tableau de bord, dans le silence le plus vide que je connaisse, traversé deux fois chaque jour par le souffle d'un turbo : le Desert-liner qui passe, en bas, sillonnant les pistes à cent à l'heure pour transporter sa cargaison d'explorateurs de luxe.

Un matin, au bord d'une cascade à rochers noirs, j'étais en train de regarder le soleil se lever comme d'habitude, comparant avec celui de la veille, quand Valérie est sortie de la tente dans mon rétroviseur. Elle a marché jusqu'à la cascade, enroulée dans un châle à poils longs, les pieds nus en dessous de zéro.

Et ce n'était pas de la bravade, c'était du désintérêt. Le froid des pierres ne lui faisait pas plus d'effet que le corps d'un homme. Elle est allée boire, elle s'est étirée, elle a regardé les montagnes, elle a haussé les épaules et elle est revenue. En me voyant réveillé derrière le pare-brise, elle a fait un crochet. Elle a ouvert la portière qui a grincé, a mis son doigt sur sa bouche comme pour arrêter le grincement. J'avais envie de lui parler, même simplement de lui dire bonjour. Elle a poussé un soupir en me regardant, la tête de côté. Elle a eu l'air de se demander ce que je fichais là, et pourquoi elle nous avait dit oui, et si vraiment notre présence était utile à ce lever de soleil.

— C'est beau, ces couleurs, j'ai dit, tellement son regard me faisait mal.

Elle a terminé de déboutonner mon pantalon que j'avais desserré pour la nuit, et elle m'a frotté contre sa joue avec une tendresse que je ne lui avais jamais vue, comme si elle cherchait la douceur avant de s'endormir. Et puis elle m'a caressé avec sa bouche, longtemps, pendant que le soleil finissait de sortir de sa montagne pour dessiner des ronds sur le pare-brise. C'était comme un espoir avant la fin du monde, le début de quelque chose qui ne savait pas que ça ne servirait à rien, la naissance d'un bonheur qui s'arrêterait tout de suite. Elle m'a avalé sans un regard, elle a refermé la portière et elle est retournée sous la tente ; elle avait peut-être repris des forces pour jouer la comédie de l'amour devant les yeux de Jean-Pierre. Je n'étais plus sûr de vouloir ce que j'avais choisi, mais c'était trop tard pour revenir en arrière.

Valérie nous composait chaque matin un itinéraire qui nous éloignait de la civilisation, seul moyen de nous rapprocher d'Irghiz. A mesure que nous montions pour franchir des cols et redescendre ensuite, dix fois par jour, notre vie rétrécissait dans la voiture, on était serrés tous les trois à l'avant sous des couvertures parce que le chauffage ne marchait plus, depuis que Jean-Pierre avait voulu le régler. Capot ouvert, clé anglaise en main, tournevis entre les dents, il racontait qu'à douze ans il savait démonter des carburateurs en Lorraine, et puis il toussait, et pendant qu'il crachait ses boyaux il fallait chercher le tournevis qui était tombé dans le moteur.

Il nous parlait de plus en plus de la Lorraine, comme si le fait d'avoir coupé les ponts avec sa vie parisienne et sa femme le ramenait à son enfance, à son point de départ. Longeant les à-pic, traversant les oueds, cahotant sur les pistes à la recherche de rien, on entendait le bruit des hauts-fourneaux, la soufflerie, les sirènes, la coulée de fonte dans les creusets et l'amitié des hommes à mille cinq cents degrés. Tout ce monde inconnu qui commençait derrière le jardin. La petite maison serrée parmi d'autres identiques, avec tous les réveils à la même heure, le même avenir, la même école, le même chômage. Et les Schtroumpfs qui attendaient patiemment que l'usine ait fermé, les gens décampé et la vie disparu pour envahir le site. Jean-Pierre disait que le gouvernement français avait vendu la mort de la Lorraine à l'Allemagne pour que vive la Ruhr. Je ne savais plus dans quel rêve on était, si on roulait vers une vallée imaginaire ou une fonderie du passé. Valérie conduisait, indifférente, pilote de jour, maîtresse de nuit, sûre de son itinéraire qui ne menait nulle part.

Et puis ça a été la panne. A deux mille mètres, dans un vent qui hésitait entre le sable et la neige, on a tenté pendant trois heures de réparer, mais toutes les parties démontées s'ensablaient aussitôt et nous n'y connaissions rien. Jean-Pierre avait oublié, je ne savais bricoler que les autoradios et Valérie lançait des appels de cibi dans le vide. On a essayé de monter la tente qui s'est envolée. Nos conserves étaient intactes, mais l'ouvre-boîtes avait disparu. Un sort s'acharnait contre nous, que Jean-Pierre, dans sa bronchite et sa fièvre et l'infection de son pied, trouvait un heureux présage : nous approchions d'Irghiz, il entendait les martèlements de la forge, et les hommes gris déchaînaient les éléments pour nous faire signe. J'ai cru qu'il devenait fou, mais c'était pire : il redevenait enfant. Il appelait Valérie « Agnès », et elle avait l'air de savoir pourquoi ; elle ne corrigeait pas. On l'a couché à l'arrière sous toutes les couvertures qu'on possédait. Quand il a rejoint ses rêves dans le sommeil, elle m'a dit que c'était fini : on arrêtait le jeu. Dès que la tempête serait calmée, on descendrait à Bou-Guemes, où passait le Desert-liner deux fois par jour. J'ai dit non : on ne pouvait pas rentrer sans avoir trouvé Irghiz. Elle a crié que j'étais cinglé, que Jean-Pierre était malade, qu'il fallait le rapatrier sanitaire. J'ai répondu que rien ne l'attendait chez lui, que sa vie se jouait ici, et qu'on devait la lui jouer jusqu'au bout, en lui montrant Irghiz pour qu'il puisse terminer son livre. Elle n'a plus rien dit. Je me suis enroulé dans ma veste contre la portière et j'ai attendu que la tempête de neige devienne la nuit.

Le matin, il faisait beau, et Valérie avait disparu. J'ai marché sur le bord de la falaise, laissant s'ébouler des morceaux de glace qui allaient se perdre au fond de la vallée, d'où le souffle aigu du Desert-liner est monté un moment, avant de s'arrêter, et de repartir, en emportant sans doute notre guide. Elle nous avait donné ce qu'on attendait ; elle ne pouvait plus rien pour nous. C'était mieux comme ça.

Quand je me suis retourné, Jean-Pierre marchait droit devant lui, s'enfonçant dans la neige où son pied infecté ne semblait plus le gêner. Je l'ai rejoint. Son regard brillant de fièvre ne me voyait plus. Il pointait le doigt :

— C'est là.

J'ai dit oui.

Il marchait vers une crevasse, en souriant. Il a trébuché à quelques mètres de l'entrée, n'est pas arrivé à se relever. Je l'ai aidé. Tout son corps tremblait, mais on aurait dit de bonheur.

— C'est dimanche, pourtant.

— Oui.

— Sept jours sur sept, Aziz. Huit coulées par jour : la fonte la plus pure du monde. Si pure qu'on la travaille dans des dizaines de nuances différentes. La filière électrique, ils me font rire... Regarde. Jamais la ferraille chauffée dans les fours électriques ne remplacera notre fonte. Viens.

J'ai mis son bras autour de mes épaules, et je l'ai soutenu jusqu'à l'entrée de sa fonderie, où j'ai aperçu, tout au fond, dans un rai de lumière, les platanes et les pins souterrains d'Irghiz, et les chevaux de la préhistoire autour de la source où une femme chantait.

— Tu l'entends, Jean-Pierre ?

— Oui.

Nous n'avions pas la même femme, mais c'était le même chant. Le froid de la neige et le soleil aveuglant nous unissaient au bord de la crevasse.

— C'est beau, j'ai dit.

— Oui. Je n'aurais jamais dû partir.

— Si. Comme ça tu es revenu.

Il m'a dit merci, et il a glissé doucement dans la neige, avec un sourire qui s'est arrêté.

Je l'ai porté jusqu'à la voiture. J'ai pris le carnet noir dans sa poche, qui était mouillé, je l'ai mis à sécher un moment sur le capot. De sa mallette, j'ai sorti ses papiers, le début du roman qu'il avait écrit dans mon dossier, ainsi qu'un grand cahier de brouillon marqué *Lorraine,* qui contenait cent pages de son écriture d'enfant. J'ai serré le tout dans ma ceinture, entre mon tee-shirt et ma chemise. Et puis j'ai défoncé à coups de pierre une boîte de thon, j'ai mangé le thon et bu l'huile, pour me donner des forces, j'ai chargé sur mes épaules le petit corps qui ne pesait plus que sur mon cœur, et j'ai redescendu la piste.

Je m'arrêtais, toutes les dix minutes, pour lui parler, parce que je me doutais bien qu'il était là autour de moi, son âme ou ses souvenirs, je ne sais pas comment dire, mais je sentais sa présence. C'était une chaleur d'amitié qui me disait vas-y, tu as raison, tu as bien fait, continue ; c'est l'allergie à la vie qui m'a détaché peu à peu de mon corps d'attache pour me rendre mes rêves. Continue, Aziz, va jusqu'au bout, termine mon histoire, je te guiderai. Tu avais raison : j'étais un ami de passage.

Des heures après, un grand vieux break américain est arrivé à ma rencontre. Valérie a jailli de l'intérieur, elle a hurlé :

— Tu as vu !

Je n'ai pas dit le contraire. Son père a ouvert un œil, et il est descendu pour nous aider. C'était une espèce de montagne avachie en survêtement bleu clair fermé jusqu'en haut. Les chairs dégringolaient sur son visage plissé comme l'Atlas, avec les sourcils de neige et les vallées creusées. Ses mains tremblaient d'alcool, sa tête balancée en avant semblait tirer ses jambes. La voix était profonde, posée, lugubre.

— Attention aux dahlias.

On a poussé les bacs de fleurs, dans l'ex -ambulance transformée en serre, pour cacher le corps raidi de mon attaché sous les feuilles d'un genre de lierre. Le père s'est appuyé sur mon épaule en refermant son hayon. Il a dit, sur un ton qui en a vu d'autres :

— Je m'en occupe. Je te laisse à Tabant : le car pour Ouarzazate passe entre deux et quatre. Personne ne t'a vu, on ne retrouvera pas le corps, il n'y aura pas d'enquête avant des semaines. Tu as de l'argent ?

J'ai répondu qu'il me restait quinze mille francs sur nos frais de mission, et que je n'abandonnerais pas mon attaché.

— Écoute, mon vieux, fonds-toi dans le paysage et fais-toi oublier, d'accord ?

— Fais ce que dit papa, a murmuré Valérie.

J'ai regardé par la vitre arrière les pieds de mon ami où s'enroulait du lierre, et la vie continuait. J'ai dit :

— Je veux le ramener chez lui.

Ils se sont regardés. Valérie avait l'air très embêtée, mais pas surprise. Le poing du père s'est abattu sur le capot dans un son de ferraille.

— Tu te casses !

Son hurlement l'a déséquilibré, il s'est rattrapé à l'antenne de radio qui a commencé à se tordre tandis qu'un filet de salive lui coulait des lèvres. Avec des précautions d'antiquaire, Valérie l'a fait rasseoir en lui pliant les jambes, une main prudente glissée entre son crâne et le pavillon du break. Il s'est laissé ranger, aussitôt calmé, avec un sourire qui a fait disparaître ses yeux. Valérie a refermé la portière, s'est retournée sur moi. Elle a lancé, très durement, avant que j'ouvre la bouche :

— C'est un homme formidable. Il a fait des choses géniales, ici : je t'interdis de le juger. On ne sait jamais ce qu'on devient. Et ce n'est pas sa faute.

J'ai dit que je savais. Elle s'est glissée sous mon bras et m'a emmené plus loin. Elle pleurait. J'aurais voulu lui parler encore, l'écouter, l'emmener avec nous en France, mais je sentais bien que c'était impossible.

— Qu'est-ce qu'on a fait, Aziz... qu'est-ce qu'on a fait...

J'ai murmuré qu'elle n'avait rien fait, et qu'elle n'était pas obligée de m'aider.

— Et tu t'en sortirais comment, tout seul, au milieu de l'Atlas ?

J'ai laissé le silence répondre pour moi.

— Tu veux rentrer à Marseille ?

— Non. Je veux le ramener à Paris.

Elle a dit bon. Le vent soulevait ses mèches raides, ses lunettes pleines de sable tombaient sur son nez, et j'aurais voulu qu'elle ait du chagrin pour Jean-Pierre, ou qu'elle soit amoureuse de moi – c'était la même chose.

— Il t'aimait, tu sais, j'ai dit.

— Je sais. Sous un autre nom, mais bon.

— Agnès ?

— Agnès.

— Il t'a parlé de Clémentine ?

— Au début, oui. Un peu. Et puis plus du tout.

— Tu as eu du plaisir avec lui ?

— Ça ne te regarde pas.

C'était mieux, comme réponse. Ça ressemblait à un oui. Elle a demandé :

— Qui c'est, Agnès ?

J'ai répondu que ça ne la regardait pas, pour ne pas avouer que je n'en savais rien. A nous deux, on était la mémoire de Jean-Pierre, et tout ce qu'on se cachait était une façon de lui donner des rallonges, de l'enrichir. Elle a demandé s'il était catholique ou autre chose, pour dire des prières. J'ai pensé tout haut qu'un jour, elle et moi, on se retrouverait pour faire l'amour, et ce serait ça notre prière. Elle n'a rien répondu, et on s'est tendu nos mains qu'on a serrées jusqu'à la voiture.

— Je lui fais Europ Assistance ? a lancé le père qui avait baissé sa vitre.

Il tenait un thermos où il venait de boire, et il respirait mieux. J'ai signalé à tout hasard que j'avais un laissez-passer du Roi.

— Donne toujours.

Je lui ai tendu les documents de mon expulsion humanitaire. Il a remonté sa vitre pour les étudier. Valérie m'a remercié. Elle a dit qu'il avait besoin de se sentir encore utile, de retourner parfois dans son monde d'avant. Je n'ai pas posé de questions. D'où les gens viennent et ce qu'ils sont, ça n'est pas mon problème, sauf quand ils veulent en parler. Valérie et son père, c'était une autre histoire, où je n'avais pas ma place, où je ne servais à rien.

Quand il a rouvert sa portière, je lui ai dit que j'étais reconnaissant pour son aide. Il m'a ordonné de monter et de fermer ma gueule, précisant que personne ne lui prendrait jamais sa fille. Dans un sens, c'était vrai, et je n'ai pas répondu au regard triste que Valérie a tourné vers moi, pour voir si j'avais compris ce qu'il y avait sous les mots. Elle au volant, son père à côté, rocher mou ballotté par les cahots de la piste, et moi derrière, passager dans les fleurs, retenant les jambes de mon ami à chaque secousse, c'était une drôle d'image de la vie. Un espoir fou m'est venu, les doigts serrés sur la chaussette si froide. L'espoir que Valérie serait enceinte de Jean-Pierre, et que tous les deux, là-devant, élèveraient l'orphelin dans l'image de ce père épatant qui avait découvert la vallée des hommes gris. Valérie a croisé mon regard dans le rétroviseur et elle m'a souri, sans savoir, mais je lui faisais confiance.

A Marrakech, on s'est rendus dans un immeuble administratif où le Dr d'Armeray a rempli le certificat de décès et des tas de fiches en arabe. Dans le bureau des formalités, je regardais Valérie l'observer avec fierté, et j'étais fier aussi. Le pas droit, le menton en avant, il est venu me tendre les papiers en déclarant :

— Crise cardiaque.

J'ai dit merci. Avec un geste habitué il a balayé la gratitude, et m'a pris, de l'autre main, l'enveloppe « République française » qui contenait la cagnotte.

— Valise diplomatique ? il a proposé.

Je ne savais pas ce qu'il voulait dire, mais Valérie a répondu pour moi que ce n'était pas utile. Avec un haussement d'épaules déçu, il est retourné bousculer dans leur routine les fonctionnaires qui avaient l'air de filer doux autour de lui. Il avait dû être important, jadis, ou riche. Une partie des frais de mission a servi à payer un cercueil plombé et les tampons nécessaires. Puis on est repartis sans Jean-Pierre, qui serait acheminé vers l'aéroport en tant que bagage officiel par les services concernés, d'après le papier timbré qu'on m'avait remis, où j'étais présenté comme Aziz Kamal, le convoyeur spécial du consulat français. Ça irait plus vite à la douane, m'avait expliqué le docteur. Il y avait une faute à mon nom, mais je ne voyais pas qui ça pouvait gêner.

Sur le parking, le Dr d'Armeray, qui était tout requinqué par ses pages d'écriture, a eu un geste bizarre : il a ouvert le hayon du break, et il a jeté tous les pots de fleurs dans la cour où ils se sont fracassés, bouillie de feuilles molles.

— Dix ans de moins, m'a-t-il dit en refermant son hayon.

Et il a serré très fort contre lui sa fille qui m'a remercié des paupières.

On s'est quittés devant la barrière du contrôle, elle et moi. Le père était resté dans la voiture. On cherchait des mots d'adieu, on était là à se regarder bêtement dans la foule pressée, les mains dans les mains, pour retarder le moment, ou rattraper le retard. Tout ce qu'on ne s'était pas dit passait dans nos yeux, tous les malentendus, les regrets, les joies, l'essentiel et les petites choses. Et puis, au moment où il fallait vraiment que j'embarque, elle a demandé simplement :

— C'était beau, Irghiz ?

J'ai murmuré :

— Très.

Et nos vies sont reparties sur la promesse de rien, peut-être, mais sur le bonheur de n'avoir pas gâché l'adieu. On savait qu'on se garderait intacts, à l'abri dans notre dernière seconde où on s'était compris, et c'était bon.

J'ai embarqué, dans le flou des larmes qui allaient avec le cercueil.

A l'aéroport d'Orly-Sud, l'employé chargé des rapatriements m'a demandé quel poste il fallait appeler au Quai d'Orsay. J'ai répondu que la personne était prévenue, et qu'elle arrivait. L'employé a dit bon, m'a indiqué le parking prévu dans ces cas-là. Je lui ai dit au revoir, et je suis allé aux toilettes, pour la transition. Quand je suis ressorti, il n'était plus là. J'ai téléphoné aux renseignements, qui m'ont donné le numéro d'Allô Fret. Une camionnette est venue une heure plus tard, et les déménageurs ont jeté leur chewing-gum pour embarquer le cercueil.

— 117 boulevard Malesherbes, j'ai dit.

Je suis monté avec eux dans la cabine, et on a roulé en silence, à part les condoléances et mes remerciements. Paris était moche et triste, mais il pleuvait, ça circulait mal et j'avais encore les yeux dans l'Atlas : je ne pouvais pas juger. Et puis j'écrivais, appuyé sur mon genou, des pages d'explications que je déchirais les unes après les autres. Je revoyais Jean-Pierre barrer les mots de sa lettre dans l'avion. Décidément, Clémentine n'était pas une femme à qui on écrivait facilement. N'ayant rien trouvé à lui dire, j'ai décidé de lui parler.

L'immeuble était vieux, avec un ascenseur trop petit où Jean-Pierre ne rentrait pas. Les déménageurs lui ont fait prendre l'escalier, tandis que je montais en éclaireur au quatrième gauche. J'ai sonné. C'était le carillon chic, la double porte, le tapis épais et les flambeaux dans le mur. Sur la carte de visite glissée dans le cadre en plaqué or, on lisait « Clémentine Maurais-Schnei ». Il aurait suffi de pousser la carte un peu sur la droite pour faire disparaître complètement le nom de Jean-Pierre.

Au bout d'un moment, quelqu'un est venu ouvrir, et c'était un homme. En peignoir de bain, l'air dérangé. Ça, je n'avais pas prévu. J'ai bredouillé que j'étais un ami de M. Schneider. Il m'a regardé comme une rayure sur sa voiture, et s'est tourné pour appeler : « Titine ! » Mme Schneider est arrivée en robe de chambre, soie beige, l'œil cerné, l'air tendu. Lui, cheveux courts, mâchoire carrée et les mains sur les hanches. Son autoradio laser Sony extractible était posé au pied du portemanteau où pendait son imper.

Elle a demandé :

— Qu'est-ce que c'est ?

J'ai regardé ce couple, et ma décision s'est prise en trois secondes. J'ai dit à Clémentine que c'était une erreur. Je suis retourné vers l'escalier. Au troisième étage, j'ai prié les déménageurs de faire demi-tour, et on a redescendu Jean-Pierre.

Quand les portes de la camionnette se sont refermées, je leur ai demandé une carte de France. Heureusement, Uckange existait, et je l'ai trouvé tout de suite : c'était un petit nom dans l'Est à côté de Thionville qui était marqué en gras. Essoufflés, pas contents, ils ont dit que leur rayon d'action se limitait à Paris-banlieue. Alors j'ai ressorti mon enveloppe de la République, je les ai réglés, et je me suis fait déposer au garage Bineau où, d'après l'annonce que je venais de cocher dans le journal plié sur le tableau de bord, un fourgon Citroën C35 de 1980 correspondait à mes derniers frais de mission.

La fenêtre donne sur un pommier qui perd au vent ses dernières traces de suie. Tout est resté « en l'état », dans la chambre. Le couvre-lit taché d'encre, les petites voitures alignées, les cahiers de brouillon vierges dans la bibliothèque et, sur le bureau d'écolier en pin verni, la photo encadrée d'Agnès, l'adolescente brune au sourire mystérieux devenue la blonde malheureuse que j'ai vue l'autre matin, entre ses trois enfants et son mari chômeur, comme tous les hommes ici depuis que la fonderie a fermé.

Les parents m'ont accueilli un peu froidement, au début, et puis tout s'est arrangé lorsque j'ai raconté mon histoire.

J'avais garé mon Citroën sur le parking de Conforama, pour me présenter dans un premier temps les mains vides, par correction. Quand j'ai tapé à la porte vitrée de la cuisine, à l'arrière du petit pavillon carré au toit rouge sale plongé dans l'ombre par les cheminées du haut-fourneau éteint, la mère repassait, le père buvait du café, assis à la table devant son journal ouvert, la joue sur le poing, le regard au mur. Je les ai reconnus. Un peu plus vieux, un peu plus rouges, un peu plus tristes, mais ils n'avaient pas changé depuis la gare de l'Est, depuis la dernière page dans le carnet de Jean-Pierre.

J'ai dit que je venais de la part de leur fils. La mère s'est affolée aussitôt : « Mon Dieu, il est arrivé quelque chose à Gérard ! » Gérard, c'est le frère, celui qui est resté – enfin, qui est parti à trente kilomètres, dans une autre fonderie qui ne devrait pas fermer tout de suite. J'ai rassuré de mon mieux : non, non, Gérard allait bien ; je venais de la part de *l'autre*. Jean-Pierre. Un silence glacé est tombé dans la pièce. La mère a ouvert la bouche, elle a regardé le père, puis elle est allée continuer à repasser. Le père a tourné la page de son journal, et il s'est mis à lire.

Au bout d'un moment, comme j'étais toujours là, il a déclaré lentement :

— Il n'y a plus de Jean-Pierre.

Évidemment, pour moi, l'enchaînement aurait été facile. Je n'ai pas pu. Je voyais mon Citroën sur le parking de Conforama, avec mon ami qui attendait à l'intérieur. Qui attendait quoi ? Les retrouvailles ? Un trou dans la terre. Tout à coup le but de mon voyage me paraissait minable, idiot, mesquin. Leur apporter un mort à la place d'un vivant qu'ils avaient rayé de leur vie. Ce n'était pas ça, le retour du fils prodigue. Je me trompais de légende.

D'un trait, j'ai expliqué aux Schneider que Jean-Pierre était prisonnier d'une bande de rebelles marocains, à Irghiz, où le gouvernement français lui avait confié la mission de me reconduire. J'avais été libéré après l'embuscade, en tant qu'otage inintéressant, et mon attaché humanitaire avait réussi à me confier ses manuscrits, ainsi qu'un message pour ses parents. Le message était : « Pardon pour la gare et pour tout, je vous aime. »

Un tremblement de terre a dévasté la cuisine. Ils ont couru aux fenêtres, au téléphone, ils ont ameuté les voisins, la famille, les copains de la fonderie, ils ont prévenu la mairie, le délégué, le journal du coin. J'étais un peu dépassé par ce que j'avais déclenché, mais la captivité de leur fils les avait ressuscités en dix secondes. Ils parlaient de signer une pétition, de collecter une rançon, d'alerter le député, de se rendre en comité chez le préfet à Metz.

Dans la cohue des gens qui envahissaient le pavillon pour réclamer les détails de l'enlèvement, je me suis éclipsé. A mes yeux, c'était une histoire provisoire : j'avais simplement voulu réconcilier les Schneider avec leur fils, avant de le faire mourir en héros, pour qu'ils le regrettent à sa juste valeur. D'ici un quart d'heure, j'allais revenir leur raconter la version officielle, avec toutes mes excuses et le cercueil dans le fourgon, et, le choc passé, ils apprécieraient ma délicatesse. En fait, seule la conclusion changeait. Maintenant que les gens étaient mobilisés, on aurait peut-être même des funérailles régionales.

Vingt fois, dans tous les sens, j'ai arpenté le parking de Conforama. Mon Citroën C35 avait disparu. Au bout de quarante minutes, j'ai pensé que c'était un signe du destin : j'ai arrêté de chercher, de demander aux passants qui n'avaient pas vu, à la fourrière qui ne répondait pas, et j'ai laissé faire les choses. En me disant que ma consternation n'était rien à côté de celle du voleur, quand il ouvrirait les portes arrière pour examiner son butin.

Longtemps j'ai lu les faits divers, chaque matin, dans *Le Républicain lorrain*. Je n'y ai jamais trouvé trace de mon fourgon ni de son chargement. Et c'est curieux : à aucun moment je ne me suis senti coupable. Au contraire, la réalité avait, si on peut dire, donné raison à ma fiction.

Je suis reparti à pied dans la petite ville éteinte, parmi les pavillons fermés, les affiches de manifs décollées par la pluie et les immeubles sans balcons où claquaient au vent des pancartes « Libre de suite », « A vendre », « A louer ». L'écho me renvoyait mes pas dans les ruelles désertes. J'étais seul au milieu d'une cité fantôme qui ne demandait qu'à sortir de l'oubli, j'avais traversé la moitié de la France en largeur, guidé par le sentiment de ma mission : je n'avais pas le droit de repartir comme ça – et de repartir où ? Il fallait que j'aille au bout de mon histoire.

Comme il me restait cinq francs, j'ai appelé le ministère des Affaires étrangères. En prenant l'accent arabe, j'ai demandé le secrétariat de Loupiac. J'ai dit que je revendiquais l'enlèvement de Jean-Pierre Schneider, en tant que mouvement d'action anonyme contre la CT 1808 : la France devait obliger le Maroc à stopper les travaux de la route qui menaçait Irghiz, sinon l'otage serait exécuté sans sommations. La secrétaire paniquée voulait me passer quelqu'un d'habilité, mais je n'avais plus de pièces.

Quand je suis revenu au pavillon, ils m'ont accueilli comme une vedette, un rescapé. Ils avaient eu si peur que je me sois enfui. « Vous le voyez bien, que je l'ai pas inventé ! » s'époumonait le père en me désignant aux nouveaux arrivants. Je baissais les yeux, modeste. Et puis ils ont parlé d'appeler les gendarmes, pour qu'ils enregistrent mon témoignage. J'ai expliqué que j'avais voulu rendre service à leur fils, mais j'étais revenu dans leur pays en situation irrégulière, et je ne pouvais pas me montrer. Ils ont eu l'air effondrés, déçus, hostiles.

Heureusement, le téléphone a sonné. C'était l'habilité du Quai d'Orsay, qui souhaitait savoir si les parents du chargé de mission Schneider avaient reçu des nouvelles récentes, ou une demande de rançon. Il a dit qu'il vérifiait l'authenticité de la revendication, qu'il se renseignait auprès des autorités marocaines sur ce mouvement rebelle, mais que dans l'immédiat on ne devait pas forcément prendre au sérieux ni s'inquiéter, et que tout serait mis en œuvre.

Le père a raccroché, les larmes aux yeux. La mère s'est jetée dans ses bras, il l'a réconfortée, lui a promis que Jean-Pierre était bien traité et qu'il reviendrait vite et qu'ils iraient à Paris. Elle a hoché la tête dans ses larmes. La rancœur les avait tués à petit feu ; l'espoir les faisait revivre.

Quand les gendarmes ont sonné, la mère m'a pris

vivement le bras, et elle est montée me cacher dans la chambre de son fils. Je lui ai donné le cahier d'enfant, le carnet de voyage. J'ai dit que tout était là-dedans, qu'il suffirait de le mettre en forme et de le donner à un éditeur. C'était le souhait de Jean-Pierre. Maintenant qu'il était un otage, avec la photo dans *Match,* il aurait une chance d'être lu.

La bouche ouverte, elle regardait l'œuvre qu'elle tenait dans ses bras crispés, comme un bébé fragile. Alors, avec la voix de la honte, elle a prononcé une phrase que je n'attendais pas. Les lèvres tremblantes dans son gros visage rouge, les joues gonflées pour un sourire qui ne tenait pas, elle a murmuré :

— Il écrit trop petit.

Il ne fallait pas le dire au père, mais elle ne pouvait plus, avec ses pauvres yeux. Est-ce que j'acceptais de lui faire la lecture ? Elle a ajouté que Jean-Pierre n'avait jamais eu d'ami avant moi : je pouvais rester quelques jours, si j'avais le temps. Ça lui ferait tellement de bien d'entendre des pas dans la chambre du petit.

J'avais le temps.

Au début, je pensais rédiger simplement des notes, en bas des pages de Jean-Pierre, pour donner mon avis, des explications ou ma version quand je n'étais pas d'accord. Et puis, au quinzième renvoi en bas de la même page, quand mes notes ont fini par occuper plus d'espace que son texte, j'ai décidé d'écrire un petit avant-propos pour me présenter, à ma manière, en contrepoint. Ça m'a paru important de faire exister Jean-Pierre dans mes yeux, de décrire notre rencontre avec mes mots à moi, pour que les gens se rendent compte.

Et c'est ainsi que je me retrouve assis dix heures par jour, à son bureau d'enfant, devant la fenêtre, cherchant les mots dans le pommier. Mon récit commence à la page 7, pour me donner du courage, comme si j'en avais déjà écrit six. L'action débute à Marseille-Nord. Mes pieds trop grands dans ses pantoufles, les doigts serrés sur le stylo mordillé par ses dents, je raconte ma vie pour lui faire une préface.

L'après-midi, sa mère m'apporte du thé avec un morceau de cake. Elle dit que le petit l'aimait beaucoup, mais qu'il n'est plus aussi bon qu'autrefois. La bouche pleine, je proteste. Et puis elle ajoute qu'elle ne veut pas me déranger, et qu'elle s'en va. Mais je sens dans mon dos son regard qui l'imagine à ma place, le dos voûté au-dessus du vieux cahier de brouillon Lorfonte (« La fonte, l'or de la Lorraine », dit le slogan sur la couverture jaune). Je fais semblant d'écrire, comme lui, de boire son thé et d'aimer tout ce qu'il aime.

Un jeudi matin, Agnès est venue, sous le prétexte de rapporter une casserole. Elle est montée me demander, en cachette des autres, les yeux baissés, si elle était dans le livre. Le bruit de ses enfants qui avaient cassé du verre, dans la cuisine, m'a évité de lui répondre. Avec un soupir exaspéré, avant de redescendre en courant, elle m'a dit qu'elle reviendrait dès qu'elle pourrait.

J'aime bien comme ils attendent, tous, devant le téléphone, la boîte aux lettres et la porte de ma chambre, des nouvelles du petit. Le Quai d'Orsay n'appelle plus, mais la préface avance. Elle risque même d'être plus longue que prévu. Malgré toute ma bonne volonté, je ne peux pas faire tenir en trois pages Lila, les Tsiganes, Vallon-Fleuri et M. Giraudy.

Finalement, ce roman que Jean-Pierre voulait écrire en disant « je » avec ma voix, je crois qu'il est en train de naître. J'ai même l'impression que l'auteur se sent de mieux en mieux dans ma peau.

Les journées passent, identiques. Les repas sont bons, j'ai le rond de serviette de Jean-Pierre et je commence à bien connaître la vie qu'il aurait menée s'il était resté ici. Le père m'a emmené visiter les forges de Jœuf. C'est là qu'on fondait les boulets des soldats de l'an II, m'a-t-il expliqué en parcourant le terrain vague hérissé de broussailles où traînaient des gueuses de moulage oubliées. Quand il a cessé de me décrire ses souvenirs de l'usine disparue où il avait débuté, il a cligné des yeux devant le paysage vide à nouveau. Il a grogné :

— C'est l'aciérie qui l'a bouffée, Jœuf, comme elle va manger Uckange.

Et il m'a raconté l'histoire étonnante des fonderies dévorées par leurs clients : autrefois le minerai travaillé dans les hauts-fourneaux devenait de la fonte qu'on fournissait aux aciéries ; aujourd'hui c'est directement la fonderie débitée en ferraille qu'on enfourne dans des fours électriques pour fabriquer de l'acier. Moyeuvre,, Auboué, Homécourt sont déjà passées à la cuisson, avant Jœuf et Uckange. Le savoir-faire centenaire des meilleurs hauts-fournistes d'Europe, qui vendaient leur fonte jusqu'en Amérique, s'est transformé en préretraite, dispense d'activité, reclassement. Les jeunes comme Gérard, on leur a proposé deux emplois au choix en dehors de la « sidé » : magasinier en Normandie ou contrôleur de fabrication chez Saupiquet. Ça s'appelle un plan social.

Chef de coulée à Lorfonte-Uckange, Gérard a préféré recommencer sa carrière comme simple ajusteur à durée déterminée, dans une autre fonderie en sursis. « Tu me voyais, vérifier les tailles des sardines et le nombre d'arêtes dans les maquereaux ? » Je ne le voyais pas, non. Il n'a jamais quitté sa Moselle, il n'a jamais essayé de perdre son accent ; il ressemble à Jean-Pierre en plus grand, plus costaud, plus simple. C'est bon d'avoir un frère.

Le dimanche, quand il vient déjeuner avec sa femme, il m'apprend à jouer aux échecs. Il fallait se taire, pendant leur enfance, quand le père avait sa « journée de nuit » et qu'il récupérait jusqu'au coucher du soleil. Pour ne pas faire de bruit, Jean-Pierre écrivait des histoires et Gérard s'était mis aux échecs, tout seul. Il tirait au sort pour savoir s'il était les blancs ou les noirs. Tantôt il se battait, tantôt il s'inclinait devant lui-même ; à deux, avec moi, ça devient plus clair : il gagne tout le temps.

Il est rêveur, quand il parle de Jean-Pierre. Il l'envie depuis qu'il est parti. Lui aussi, s'il avait eu un talent pour aller ailleurs... Mais sa place, en tant qu'aîné, c'était celle de son père, dans l'orgueil de la sidé.

— Tu sais, quand tu as connu l'odeur du four, l'arrivée de la coulée, le feu au bout de tes bras et que tu es son maître, et les sirènes qui mènent ta vie pour retrouver les copains, tu t'habitues à rien d'autre. Tu peux pas. Le silence, aujourd'hui, à Uckange, personne supporte. Y a moins de grisaille dans l'environnement, ils disent, depuis que l'usine ne pollue plus, mais la grisaille elle est dans nos cœurs.

— Écris-le, dans le livre, me dit son copain Guy, le mari d'Agnès, un roux qui se finit à la bière depuis qu'il a refusé son plan social : magasinier en Normandie, il ne pouvait pas, et technicien de surface à Brest non plus, à cause du pavillon invendable qu'il vient juste de finir de payer, du travail d'Agnès à la mairie, des enfants qui ont l'apprentissage prévu dans la boucherie du beau-père à Thionville... Écris-le, dans le livre, Aziz, s'il te plaît. Qu'ils sachent.

Je l'écris.

Un jour, j'inviterai Agnès pour lui lire tes dernières pages. Elle entrera dans ta chambre, elle s'assiéra sur ton lit, elle retrouvera ta voix. Et elle regrettera de t'avoir dit non, le jour des croissants de plâtre. A elle, peut-être, je confierai la vérité. Je dirai que tu nous as quittés en la tenant dans tes bras, son prénom sur ta bouche, et que la mort ressemble au terrain vague de Jœuf où les fantômes s'entêtent à fabriquer de la fonte.

Un jour, si tu le veux, nous lui ferons l'amour.

Didier van Cauwelaert dans Le Livre de Poche

L'Apparition n° 15481

Le 12 décembre 1531, l'image de la Vierge Marie apparaît devant témoins sur la tunique de Juan Diego, un Indien aztèque. Quatre siècles plus tard, des scientifiques découvrent, dans les yeux de cette Vierge, le reflet des témoins de l'apparition.

Attirances n° 30875

Un écrivain harcelé par l'étudiante qui lui consacre une thèse ; un peintre qui s'accuse de tuer les femmes à distance avec ses pinceaux ; une maison qui envoûte jusqu'à la folie ceux qui s'y attachent… Faut-il résister à l'attirance ? Et si l'on y cède, est-ce pour se fuir ou pour se retrouver ?

Cheyenne n° 13854

On peut tomber amoureux à onze ans, et pour la vie. C'est ce qui est arrivé au héros de ce livre. Dix ans plus tard il a retrouvé Cheyenne, le temps d'une nuit trop brève à l'issue de laquelle elle a disparu.

Cloner le Christ n° 30797

C'est la plus grande énigme du monde, ou la plus belle arnaque de tous les temps. De la quête du Saint-Graal aux manipulations génétiques, le sang de Jésus n'a jamais nourri autant de fantasmes qu'à notre époque, où certains voudraient remplacer l'eucharistie par le clonage. Mais quelle réalité se cache derrière ces fantasmes ?

Corps étranger n° 14793

Peut-on changer de vie par amour, devenir quelqu'un de neuf sous une autre identité, sans sacrifier pour autant son existence habituelle ? C'est ce que va oser Frédéric.

La Demi-Pensionnaire n° 15055

Que faire lorsqu'on tombe amoureux d'une jeune femme au cours d'un déjeuner, et qu'on découvre au dessert qu'elle se déplace en fauteuil roulant ?

L'Éducation d'une fée n° 15326

Que faire lorsque la femme de votre vie décide de vous quitter parce qu'elle vous aime ? Comment sauver le couple de ses parents quand on a huit ans ? Une fille à la dérive peut-elle devenir une fée parce qu'un petit garçon a décidé de croire en elle ?

L'Évangile de Jimmy n° 30639

Je m'appelle Jimmy, j'ai 32 ans et je répare les piscines dans le Connecticut. Trois envoyés de la Maison-Blanche viennent de m'annoncer que je suis le clone du Christ».

Hors de moi n° 30280

J'ai tout perdu, sauf la mémoire. Il m'a volé ma femme, mon travail et mon nom. Je suis le seul à savoir qu'il n'est pas moi : j'en suis la preuve vivante. Mais pour combien de temps ? Et qui va me croire ?

Karine après la vie n° 30002

Karine a 27 ans. Elle s'apprête à partir en vacances avant d'entrer dans la vie active. Un accident de voiture en décide autrement. Ses parents sont brisés par le drame. Jusqu'au jour où ils commencent à recevoir des messages…

Rencontre sous X n° 30094

Elle est la star montante du X. Il est une gloire déchue du foot. À 19 ans, ils ont tout connu, tout défié, tout subi. Au milieu des marchands d'esclaves qui transforment les êtres humains en produits dérivés, ils vont se reconnaître, se rendre leurs rêves, leur rire, leur dignité.

Un objet en souffrance n° 9708

L'un, Simon, vendeur de jouets dans un grand magasin, est désespéré de ne pouvoir donner d'enfant à sa femme. L'autre, François, homme d'affaires impitoyable au pouvoir immense, a toujours refusé d'être père. Quelle relation s'établit entre ces deux hommes que tout sépare, et qui n'auraient jamais dû se rencontrer ?

La Vie interdite n° 14564

« Je suis mort à sept heures du matin. Il est huit heures vingt-huit sur l'écran du radio-réveil, et personne ne s'en est encore rendu compte. » Ainsi commence l'aventure de Jacques Lormeau, trente-quatre ans, quincaillier à Aix-les-Bains.

Du même auteur :

Romans

VINGT ANS ET DES POUSSIÈRES
Le Seuil, 1982, prix Del Duca

POISSON D'AMOUR
Le Seuil, 1984, prix Roger-Nimier

LES VACANCES DU FANTÔME
Le Seuil, 1986, prix Gutenberg du Livre 1987

L'ORANGE AMÈRE
Le Seuil, 1988

UN OBJET EN SOUFFRANCE
Albin Michel, 1991

CHEYENNE
Albin Michel, 1993

UN ALLER SIMPLE
Albin Michel, 1994, prix Goncourt

LA VIE INTERDITE
Albin Michel, 1997,
Grand Prix des lecteurs du Livre de Poche 1999

CORPS ÉTRANGER
Albin Michel, 1998

LA DEMI-PENSIONNAIRE
Albin Michel, 1999,
Prix Femina Hebdo du Livre de Poche 2001

L'ÉDUCATION D'UNE FÉE
Albin Michel, 2000

L'APPARITION
Albin Michel, 2001, Prix Science Frontières
de la vulgarisation scientifique 2002

RENCONTRE SOUS X
Albin Michel, 2002

HORS DE MOI
Albin Michel, 2003

L'ÉVANGILE DE JIMMY
Albin Michel, 2004

ATTIRANCES
Albin Michel, 2005

CLONER LE CHRIST ?
Albin Michel, CANAL+ Éditions, 2005

LE PÈRE ADOPTÉ
Albin Michel, 2007

LA NUIT DERNIÈRE AU XVe SIÈCLE
Albin Michel, 2008

Récit

MADAME ET SES FLICS
Albin Michel, 1985
(en collaboration avec Richard Caron)

Théâtre

L'ASTRONOME, prix du Théâtre de l'Académie française – LE NÈGRE – NOCES DE SABLES – LE PASSE-MURAIILE, comédie musicale (d'après la nouvelle de Marcel Aymé), Molière 1997 du meilleur spectacle musical.
À paraître aux éditions Albin MicheL

Composition réalisée par JOUVE

Achevé d'imprimer en janvier 2009 en Espagne par
LITOGRAFIA ROSÉS S.A.
Gava (08850)
Dépôt légal 1ère publication : novembre 1995
Édition 21 - janvier 2009
LIBRAIRIE GÉNÉRALE FRANÇAISE – 31, rue de Fleurus – 75278 Paris cedex 06

31/3853/4